U0055163

權錢對決

之 4

合縱連橫

姜遠方 著

目錄 CONTENTS

第一章 厚黑手腕

馮玉清首先就排除了胡俊森，光有理想肯做事，
不代表他就能夠做好海川市的市長。
作為市長，需要多方面的才能，不但要能夠做事，
某種程度上，還需要一點厚黑的手腕才行。
胡俊森一看就知道在這方面是不及格的。

晚上，孟副省長家中。

孟副省長正在看新聞。今天新聞的頭條就是馮玉清出任東海省省委書記的報導，孟副省長看著看著，嘆了口氣，曾經他也是這些運籌帷幄的人物中的一員，現在卻被隔離在外，這種心情分外複雜難言。

他氣惱地將手中的遙控器往茶几上一扔。沒想到用的力道有點大，遙控機在茶几上彈了一下，然後啪地一聲摔到地上。

他的妻子在外面聽到響聲，以為出了什麼事，走了過來。看到掉在地上的遙控器，不悅地說：

「看新聞就看新聞吧，摔遙控器幹什麼啊。老孟啊，不是我說你，你既然退下來了，就安心頤養天年，別再去想那些政治上的事了。」

孟副省長憤憤不平地說：「不行，我靜不下這個心來。我的年紀根本還不到退下來的時候，本來上面答應我去政協再上一格的，都是呂紀這個混蛋，害我這麼快就退下來，哼！他也沒得好，灰溜溜的被趕出東海，只是便宜馮玉清這個娘們了。」

妻子說：「行了，你管他便宜誰了呢？反正沒你什麼事。」

孟副省長不高興地說：「什麼叫沒我什麼事啊？我孟某人在東海省經營

這麼多年，門生故舊遍東海，東海省的事情怎麼能少得了我呢？」

妻子冷笑一聲，說：「好了，老孟，你就別吹牛了。什麼門生故舊遍東海，你退下來這段時間，我們家基本上都門可羅雀了，你那些門生故舊都哪兒去啦？」

孟副省長語塞了。

這段時間為了避嫌，很少有人來登門拜訪他，就連電話都很少有人打來，東海省政壇似乎已經忘了他這個曾經的三巨頭之一了。孟副省長心中不覺黯然，這真是此一時彼一時啊。

無奈形勢比人強，他不在常委副省長的位置上，手中沒有了權力，就沒有再在東海省呼風喚雨的本錢了。現在連他的妻子都敢譏諷他，孟副省長暗自嘆了口氣，看來屬於他的時代已經過去了。

第二天，孟副省長吃過早餐後，正坐在客廳發呆。電話居然久違的響了起來。

孟副省長愣了一下，才反應過來有人打電話來。

他快步走到電話旁，伸手就想抓電話。但是手在半空停頓了一下，感覺不顯得那麼急促了，這才拿起電話。

孟副省長壓抑住激動的心情，淡淡地說：「你好，哪位？」

對方笑笑說：「您好孟副省長，我是省委辦公廳的小劉，省委馮書記要去您家看望您，請您做好準備。」

孟副省長愣了一下，有點搞不清狀況，納悶地說：「省委馮書記？你開玩笑吧，省委哪有姓馮的書記啊？」

對方說：「孟副省長，我沒弄錯，您可能還不知道，馮玉清同志昨天出任了東海省省委書記。」

孟副省長這才記起新聞中報導過馮玉清擔任省委書記的事，趕忙說：「你看我這記性，昨晚新聞還報導過這件事的，一轉眼我就給忘了。」

小劉就跟孟副省長講馮玉清要來探視的時間，就掛了電話。

孟副省長立即把妻子喊來，要妻子把家裏好好收拾一下，說馮玉清要來看他，別讓家裏亂七八糟丟他的臉。

妻子有點不相信的說：「老孟，你沒有搞錯嗎？馮玉清真的要來？」

孟副省長說：「當然啦，省委辦公廳通知的嘛。」

妻子納悶地說：「什麼時候通知的，我怎麼不知道啊？」

孟副省長笑說：「省委辦公廳一個姓劉的工作人員打電話來通知的。」

妻子剛才忙著別的事並沒有注意到電話響過，懷疑孟副省長是產生幻覺了，苦勸說：「老孟，你就安分點吧，你現在已經不是東海省的常務副省長了，不要再去想官場上的那些事了，好不好？」

孟副省長這才發現原來妻子以為他是在撒謊，不由得就有點火了，說：「什麼意思啊，你以為我撒謊啊？剛才是我親自跟省委辦公室的人通的電話，你趕緊給我去準備吧。」

妻子這才把家整理整齊。孟副省長在一旁不停地看著時間，生怕妻子還沒收拾完馮玉清就到了。

過了一會兒，辦公廳通知他，馮玉清快到了，孟副省長便準備走向門口迎接。走到一半，孟副省長停了下來，他開始猶豫是否要先去門口迎候。如果在門口等候，是不是有點太過諂媚了？可是如果不在門口迎候，馮玉清會不會對他有什麼看法?!

孟副省長為了這個問題，站在那裏足足想了三分鐘，心情患得患失的，覺得兩種做法中的任何一種都不是那麼合適。

最終孟副省長覺得還是自重身分比較好，免得被馮玉清看不起。孟副省長就退回到沙發那裏坐了下來。

孟副省長不愧是政壇老將，這時候他已經冷靜下來，開始琢磨為什麼馮玉清會上任伊始，什麼事情都不做，就馬上來拜訪他。

這個女人所為何來呢？想來馮玉清一定是有什麼地方要借重他。既然這樣，他對馮玉清就沒必要非要低三下四了。

幾分鐘後，馮玉清到了，孟副省長這才站起來迎了上去，跟馮玉清握了握手，說：「歡迎您到我家做客，您這一來，我家真是蓬蓽生輝啊。」

馮玉清笑說：「孟副省長不要這麼客氣，您是東海的前輩，對東海省的發展貢獻極大，我是專門來向您取經的，還希望您不吝賜教啊。」

孟副省長聽馮玉清這麼說，臉上笑容越發的燦爛，他感受到馮玉清對他的尊重。

孟副省長謙虛地說：「馮書記啊，我已經老了，身體又不好，跟不上形勢了，恐怕不能指教您什麼的。」

馮玉清笑笑說：「您這話就不對了，人是越老經驗越豐富的。」

兩人就這麼寒暄了幾句，馮玉清被孟副省長請到沙發上坐了下來。

孟副省長說：「馮書記，我雖然是第一次見到您，但您的形象跟馮老有幾分神似，看到您我就想起了馮老，讓我有一種很親切的感覺。」

馮玉清聽了說：「您見過我父親？」

孟副省長回憶說：「是的，有一次在開人大會的時候，馮老參加了我們東海省的分組討論，當時我有幸跟馮老交流過。馮老看問題尖銳、眼光獨到，很讓我有高山仰止之感啊。」

孟副省長這話說得很是巧妙，他雖然講的是他與馮老的一段往事，但實際上目標卻是馮玉清，透過跟馮老的往事，一下子拉近了他和馮玉清的距離。實際上，當年馮老確實是參加過東海省的分組討論，卻沒怎麼搭理孟副省長。那時候孟副省長的資歷很淺，在馮老面前還輪不到他講話呢。

果然，馮玉清高興地說：「想不到您與我父親還有這麼段淵源啊，那您這次更該當仁不讓的指教我一下了。跟您說，組織讓我出任這個東海省的省委書記，我深感責任重大，急切地想要瞭解東海省的情況。大家都說您是東海通，東海省大大小小的事情您莫不瞭若指掌啊。」

孟副省長擺了擺手說：「什麼東海通啊，我不過是在東海省多工作了幾年罷了。不過，您如果想在我這裏瞭解什麼情況，我一定是知無不言，言無不盡的。」

馮玉清聽了說：「那太好了，我現在正有些老虎吃天，無法下口的感覺，您看……」

馮玉清就跟孟副省長聊起有關東海省的情形，孟副省長有段時間沒跟人暢談，馮玉清的到來成功的引起了他的談興，講起來真是滔滔不絕……

聊到最後，賓主相談甚歡，馮玉清走的時候說：「孟副省長啊，我現在發現老同志的經驗真是一筆寶貴的財富，我突然有個不太成熟的想法，就是把這些有經驗的老同志組織起來，成立一個顧問小組，省委做出一些重大決策之前，可以多向這個顧問小組諮詢，好避免發生重大的錯誤。」

孟副省長客氣地說：「我倒不覺得我的經驗寶貴什麼的，不過如果您需要，我很樂意貢獻我的餘熱的。」

孟副省長了解到馮玉清這是在拉攏他進入她的陣營，其實他不過是被利用的工具而已，馮玉清是在借拉攏他，好分化鄧子峰的勢力。

但是他對此並不反感，能被利用，說明他還有被利用的價值，這總好過在家悶坐，連個電話都沒人打來的狀況不知道多少倍。

再說，他跟鄧子峰並沒有深厚的情誼。他退下來前，他跟鄧子峰只有短暫的結盟時期。當他退下來後，鄧子峰跟他的結盟也宣告終結，甚至連個慰問電話都沒打來。孟副省長自然也不會為了維護鄧子峰去開罪馮玉清的。同時，馮玉清這是為他提供了一個新的舞臺，雖然這個舞臺比起他以前擁有的小很多，但至少是個舞臺，他還能在上面演出，讓他的政治生命得以延續。

孟副省長為了政治生命延續得更久一點，已經開始動心思要怎麼去把他手中原來的力量啟動起來，好讓馮玉清覺得他更有用。只要馮玉清覺得他有用，就會釋出更多利益回饋他。有了利益，他也就擁有了權力。

馮玉清去探望孟副省長的消息，立即就有人告知了鄧子峰，鄧子峰並沒有意識到問題的嚴重性，他覺得孟副省長已經是一個邊緣的角色，很難鹹魚翻身了，就算被馮玉清拉攏去，在東海省政壇上也起不了什麼風浪的。

不過他對馮玉清第一個動作就去拉攏孟副省長，心中的警惕味道越發的濃厚，這個省委書記嘴上說要跟他合作，實際上做的動作卻像要跟他大鬥一場的架勢，他得做好鬥爭的準備了。

馮玉清被任命為省委書記的決定傳達下來後，胡俊森馬上就來找孫守義，一進門就說：「孫市長，現在新的省委書記已經到任，我們是不是主動跟馮書記彙報一下海川新區的事啊？」

孫守義不禁看了胡俊森一眼，這傢伙的精力還真是足，一天到晚瞎折騰也不覺得累?!

孫守義很不願意去馮玉清那裏彙報，理由很簡單，他是屬於鄧子峰派系的人，鄧子峰和馮玉清目前的關係如何還不明確，孫守義不想讓鄧子峰誤會他在這時候要向馮玉清靠近。

孫守義忍不住挖苦說：「胡副市長，你也太心急了吧，馮書記才剛上任，什麼事都還沒安頓好呢，你就要拿新區的事去煩她啊？」

胡俊森不以為然地說：「這怎麼是去煩她呢？新區有利於海川市的大發展，我們早點把這個情況跟她做彙報了，也讓她對海川新區有一個整體的認識，這樣她在思考未來的發展戰略時，腦子裏就會想到海川新區的。」

胡俊森說的不是沒有道理，不過，這僅僅是工作層面的思考，並沒有包含政治利益的盤算。包含進政治利益的盤算後，胡俊森的這個道理在孫守義這裏就說不通了。

孫守義潑冷水地說：「胡副市長，你要知道什麼叫欲速則不達。新區的事肯定要彙報給馮書記的，不過不是現在，我勸你還是等一段時間再說吧，等馮書記各方面的工作就緒，你再彙報也不遲。」

胡俊森就有些不太高興，說：「等等等，您就只會讓我等，我已經等了很久了。您說吧，您跟不跟我一起去彙報啊？」

孫守義也沒好氣地說：「我不去，我也不許你去。俊森同志，我也很重視新區工作，也想把新區趕緊建設好，但是心急吃不了熱豆腐，新區現在發展的時機還不成熟，你要多點耐心。」

胡俊森卻執意地說：「我不管，反正我要去找馮書記彙報新區工作。老這麼拖下去，新區的熱情會被消耗殆盡的。」

孫守義勸阻說：「俊森同志，我再警告你一次，時機不成熟你就彙報給馮書記的話，恐怕會對新區造成損害的。」

胡俊森卻固執地說：「我看不出會造成什麼損害，如果您仍然堅持不跟我一起去，那我單獨彙報好了。」

孫守義不禁搖頭，他越來越覺得這傢伙是個麻煩，最令人受不了的是他的狂妄自大，雖然這傢伙有點本事，但是這個不受控制的勁很讓人受不了。只好說：「隨便你，到時候你碰了一鼻子灰時別來找我。」

胡俊森很有信心地說：「不會的，我就不信這麼好的新區規畫會沒有領導欣賞。」

於是胡俊森就自己去省委，找到了馮玉清。

馮玉清在任職前做過功課，對東海省的各個幹部事先都摸了底，因此對胡俊森的脾性有些了解，知道他是個有才能的市長，於是跟胡俊森見了面，認真的聽取了胡俊森對新區的彙報。

聽完，馮玉清心裏大概有了數，就說：「胡副市長，我怎麼感覺新區工作開展的並不順利啊。」

胡俊森報告說：「這是有原因的，新區啟動至今，得到的扶持政策很少，只憑一點微薄的資金在支撐，所以開展不順利也在情理之中。」

馮玉清看了看胡俊森，說：「胡副市長，那你希望我做些什麼？」

胡俊森說：「我希望省裏能夠給新區出爐專項的政策和資金，以扶持新區的發展。」

馮玉清婉轉地說：「胡副市長，你要的這兩項條件，我恐怕一時之間都難以答覆你，現在我對新區還不熟悉，你給我一點時間，等我摸熟了情況再答覆你好嗎。」

胡俊森眉頭皺了起來，說：「馮書記，您這不會是拖延之計吧？」

馮玉清的臉色沉了下來，嚴厲的看了胡俊森一眼，說：「胡副市長，請你說話放尊重些，我不知道你是怎麼做工作的，難道你可以不做調查研究，光憑想像就能開展工作嗎？那樣子我覺得你根本就不負責任。」

馮玉清不怒自威，連胡俊森這種狂妄之徒也不敢再去輕捋虎鬚，他低下頭說：「對不起馮書記，是我說錯話了。」

馮玉清教訓說：「我覺得你在新區工作上存在的錯誤，不僅僅是說錯話這麼簡單，而是你的依賴心理太強了，一味的等靠，要資金、要政策，根本就沒把心思放在新區發展上。要發展新區有很多方式嘛，你為什麼不動動腦筋，為新區想出一條新的思路呢？我看過你的資料，我記得你在運作資產重組方面很有兩下子，為什麼不往這方面考慮考慮呢？」

胡俊森試探地說：「您的意思是讓我把新區這個項目進行包裝，到民間去融資？」

馮玉清指點說：「對啊，你現在已經擁有了一個很好的平臺，海川市政府做你的後盾，你大可以發行企業債券、成立新區建設基金，進行信託融資，跟企業合作，利用ＢＴ、ＢＯＴ等方式進行基礎設施建設。你是博士，這些東西應該比我懂得更多一些吧？」

胡俊森頗為詫異地說：「想不到馮書記對融資這一塊這麼熟悉啊？」

馮玉清笑笑說：「你以為我這個省委書記就會說說官話而已嗎？」

胡俊森不好意思地說：「那當然不是，我只是沒想到您在這方面會這麼專業。」

馮玉清笑了笑說：「不要拍我的馬屁了，我什麼水準自己清楚。我跟你談這些，是希望你能運用自己的所長，為海川新區開創出一番局面來。胡副市長，我可是很看好你，你千萬不要讓我失望啊。」

胡俊森沒想到馮玉清會這麼看重他，激動得連連點頭，說：「您放心，我絕不會讓您失望的。那我回去了，不打攪您了。」

馮玉清又諄諄告誡說：「你先別急著走，我還有一件事要提醒你。不要動不動就搞這種越級彙報的事，這會讓你的上司很不滿意的。現在你身在官場，也需要遵守官場上的規則，否則就算你有心做事，也會受到其他人的阻撓的。」

胡俊森雖然高傲，但是對能夠讓他真心佩服的人卻很服貼，聞言點點頭說：「我以後會注意的。」

胡俊森就告辭離開了，馮玉清看著他的背影，暗自點頭，心說：這種熱血的人很難能可貴，幸好政壇上還有像胡俊森這種有理想肯做事的人存在，才讓政壇充滿了活力。如果政壇只有爭權奪利，那國家可就沒什麼希望了。

不過像胡俊森這種人可是很少見的，政壇上還是爭權奪利的人更多一些。而馮玉清為了維護她的地位，也不得不加入這些爭權奪利的遊戲當中去。她開始思考要選擇誰來出任海川市的市長。

馮玉清首先就排除了胡俊森，光有理想肯做事，不代表他就能夠做好海川市的市長。作為市長，需要多方面的才能，不但要能夠做事，某種程度上，還需要一點厚黑的手腕才行。胡俊森一看就知道在這方面是不及格的。

馮玉清排除胡俊森的另外一點因素是，任用胡俊森做海川市長的話，無法給她帶來任何政治上的好處。

海川市長是她履新東海省第一個重大的人事安排，對她來說，既是一種機會，也是一種挑戰。

說機會，是因為她如果任用得當，可以證明她這個省委書記有真材實料，還能通過這個新市長掌控海川這個東海省的經濟大市；說是挑戰，則是因為她對東海省官員的認識大多停留在瞭解履歷的程度上，要從中挑選出一名合適的人選，還真是一件難度很大的事。

目前來看，海川市班子裏的幾個人似乎並沒有合適的市長人選，于捷任市委副書記多年，一直沒有什麼顯眼的政績。曲志霞上任的時間尚短，還看

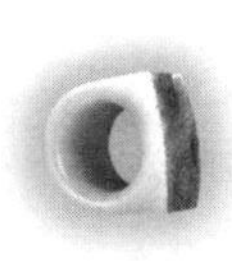

不出有什麼特別之處；而且曲志霞原本是財政廳下去的，以前沒有做地方行政首長的經驗，自然也不合適。

馮玉清覺得恐怕要把目光放在海川市之外。她是可以在原來任職的部門調一個人來做海川的市長，那樣她熟知這個人的根底，用起來也得心應手；但是這樣做，也有很大的弊端，如果從外省空降一個人過來，馬上就會引起本土勢力的反感。

想來想去，馮玉清知道她需要尋求別人的幫助了，她需要一個對東海省政壇很熟悉的人幫她推薦一個人選。

目前她可以找的人有兩個，一個是常務副省長曲煒，另一個則是病休在家的孟副省長。

按照常理來說，她應該更信任曲煒才是，不過馮玉清想拿這件事情試一試孟副省長和曲煒究竟有幾分真心對待她，想了一下後，先把電話打給了孟副省長。

孟副省長很快就接了電話，問道：「馮書記，您找我有什麼事情啊？」

馮玉清笑笑說：「是這樣的老孟，現在孫守義出任了市委書記，他的市長位置就需要一個人來填補這個空缺。您是老東海了，可以說對東海政壇上的人物都很熟悉，就您看，東海省有哪個人適合做這個市長啊？」

孟副省長心裏不由得激動了一下，他沒想到馮玉清居然會來向他請益人事方面的事，這表明了馮玉清對他的重視。原本孟副省長以為馮玉清只會給他一些小恩小惠呢。這個馮家的女兒果然不簡單，就這個氣魄，孟副省長就心服口服了。

孟副省長不得不慎重考慮要如何答覆馮玉清，他明白馮玉清問他海川市長的人選誠然是對他的一種尊重，但也未嘗不是一個考驗。

如果他提出的人選被馮玉清選中，那就意味他通過了馮玉清的考驗，以後他們的交流還會繼續下去；反之，如果他沒通過考驗，那以後他再想接到馮玉清的電話肯定是不可能的了。

孟副省長很快將他認為可以出任的人選在腦海裏過了一遍，慎重思考後，終於想到了一個人，這個人是從他的手裏起來的，但是後來因為一些事情跟他產生了分歧，就有些疏遠。

但是官場上是講究淵源的，雖然這個人跟他疏遠了很多，但是政壇上還是把這個人認定為是他的人；這就造成了對這個人極為不利的局面，因為跟孟副省長的分歧，做了很長時間的市委副書記都沒再動窩。

孟副省長便說：「馮書記，您覺得姚巍山這個人怎麼樣？」

「您是說乾宇市的市委副書記姚巍山？」馮玉清詫異地說。

孟副省長笑笑說：「是啊，就是他。這位同志曾經在我的手下工作過，我對他很瞭解，知道他是個很有能力的人。」

馮玉清聽了說：「行，我會認真考慮這個人的，謝謝你了，老孟。」

馮玉清掛了電話，孟副省長卻是過了好一會兒才捨不得的放下了話筒，他很久沒有享受過這種可以決定別人命運的感覺了，現在舊夢重溫，自然頗有感觸。

對姚巍山而言，這也許會是他命運的一次轉折。人生就是這樣，一個人隨意的幾句話可能就會改變另外一個人的命運。

馮玉清結束跟孟副省長的通話後，就打電話給曲煒，讓曲煒到她的辦公室來。

過了十幾分鐘後，曲煒出現在馮玉清的辦公室裏。

馮玉清說：「老曲啊，有件事我想徵求一下你的意見，你對姚巍山這個人怎麼看？」

曲煒愣了一下說：「姚巍山？您問他做什麼？」

馮玉清說：「孫守義做了市委書記，海川市市長的位置就騰出來了，我在醞釀新的市長人選。孟副省長跟我推薦了這個人，你覺得怎麼樣？」

馮玉清並不諱言她是從孟副省長那裏得來這個人選。

曲煒笑了笑說：「居然是孟副省長推薦的，這就有意思了。」

馮玉清好奇地說：「怎麼個有意思法？」

曲煒解釋說：「這個姚巍山是孟副省長用起來的，確實是個有能力的人，不過這個人後期跟孟副省長產生了分歧，兩人就疏遠了。因為他是孟副省長帶起來的，別的人有所顧忌，也不敢重用他，所以他在東海政壇上算是個很尷尬的人物。」

馮玉清聽曲煒這麼說，就明白孟副省長是動了一番心思才推薦他的，看來孟副省長還算公允。

馮玉清說：「老曲，我們先別管他尷不尷尬，你就告訴我這個人可用不可用吧？或者你也給我推薦一個人選出來。」

曲煒想了想，他跟馮玉清雖然達成了某種默契，但是彼此間的合作才剛剛展開，他必須謹慎應對。曲煒心中不是沒有能夠出任海川市長的人選，不過他擔心這時候在馮玉清面前提出新的人選不合時宜，也許姚巍山就是馮玉清認定的人選呢？何況姚巍山的確很適合做市長，既然這樣，何不順著馮玉清的意思呢?!

曲煒笑了一下，說：「我覺得可用，這個人也憋屈了幾年，您啟用他，他會很感激的。」

馮玉清對曲煒的回答很滿意，說明曲煒沒有單純的只考量自己派系的因素，便笑了笑說：「既然你也這麼認為，那我就讓組織部門考察這個人選了。誒，老曲啊，你也幫我考慮一下乾宇市的副書記人選，如果姚巍山去了海川，乾宇市副書記的位置就又空了出來了。」

馮玉清這是在平衡和回饋曲煒，她是在分一部分蛋糕給曲煒和原來呂紀的人馬。

權力在某種程度上來說，就是分蛋糕的藝術；分得好，能讓你的權力變得更大；分得不好，連分蛋糕的權力也會失去。

曲煒馬上就明了馮玉清的想法，想了一下，提出一個他和呂紀一系上的人。馮玉清連想都沒想就點點頭說：「可以，我也會交代給組織部門進行考察的。」

第二章

權錢交易

中儲運高價購買修山置業，
裏面肯定存在著權錢交易這些貓膩。
要是揭露出來，將是一個很大的醜聞，
一定會掀起狂風巨浪，到時候中儲運東海分公司，
甚至中儲運總公司的高層恐怕都會受到牽連。

北京。

喬玉甄依舊沒有任何消息，手機仍然是關機狀態，吉凶未卜。傅華的心始終是懸著的，他也無法跟那晚折磨他的那個傢伙聯繫，也就無從知道喬玉甄究竟什麼時候才會恢復自由。

經過幾天觀察，傅華覺得情況比較穩定了，才把保姆和傅瑾從鄭老那裏接了回來。鄭莉再幾天就要從義大利回來了，傅華不想讓鄭莉回來看到保姆和傅瑾都不在家的情形。

由於神秘人物的出現，讓馮葵把會所關了。胡東強就少了一個喝酒玩鬧的好去所，只好拖傅華去酒吧喝酒。

喝酒當中，胡東強告訴傅華，天策集團已經選定了灌裝廠的建廠地址，很快就會去跟海川簽訂合同，正式啟動建廠。

泡完吧已經十點多，傅華回到家，傅瑾已經熟睡了。傅瑾小臉睡得紅撲撲的，讓傅華有親一口的衝動。但是他擔心鬍碴扎醒傅瑾，還是忍住了。

保姆在一旁說：「傅先生，你可真是一位好父親。」

自從那晚保姆爬上他的床，被他拒絕了之後，他和保姆的關係就有些尷尬，現在保姆主動跟他講話，是一種態度緩和的表示，傅華樂見這種改變，畢竟同在一個屋簷下老是那麼彆扭總不是回事。

傅華便也釋出善意說：「我這個父親可不稱職，根本就沒怎麼照顧他，是你把他照顧得這麼好的。」

跟保姆聊了幾句後，傅華就去洗澡準備睡覺。

就在他將要躺倒床上夢周公的時候，房間門被敲響了，保姆說有事要跟他說。傅華以為是有關傅瑾的事，就穿好睡衣開了門。

門一開，保姆一下子撲進他的懷裏，驚叫道：「傅先生，我好害怕啊，剛才屋裏似乎有什麼聲音，不會是又進來人了吧？」

傅華不疑有他，以為保姆真的聽到了什麼聲音，說：「別怕，有我呢。是什麼地方有聲音？」

他擔心那幫人又闖了進來，怕傷害到傅瑾，趕緊衝進傅瑾的房間。傅瑾還在熟睡，房裏靜悄悄的，看不出有任何異常。他又檢查了一下門窗，也沒看出任何有人闖入的跡象。

傅華回頭對緊跟在身後的保姆說：「沒什麼問題，可能是你聽錯了吧。時間不早了，你早點休息吧。我回房間了。」

保姆卻拉著傅華的衣袖不肯放手，說：「你別走，我害怕。」

傅華心想保姆是個女孩子，膽小一點也很正常，就點點頭說：「好吧，我先不回房間，等你睡著了我再回去。」

保姆驚喜地看著傅華說：「真的嗎？」

傅華點點頭說：「你睡吧，我坐在這裏陪一會兒傅瑾。」

傅華就坐在傅瑾的小床邊，保姆則是上了自己的床，躺了下來。

她並沒有馬上就睡，反而跟傅華聊起了天，說：「傅先生，你夫人過幾天就要從米蘭回來了，她跟我說要給我帶禮物的。」

傅華笑笑說：「那你有福了，她選禮物的眼光還不錯。」

保姆高興地說：「那太好了。不知道她會選什麼禮物給我。我真的很羨慕您夫人，又能設計時裝，有自己的事業，家境又好，還有一個像你這樣能寬容她的丈夫。」

傅華笑了，說：「我很寬容嗎？」

保姆說：「當然啦，傅先生，你可能不知道，在我們鄉下地方，老婆不陪老公睡覺是要挨打的。」

傅華心裏有點彆扭，他不喜歡保姆這麼關注他的私生活，就說道：「好了，我們不要聊天了，很晚了，你早點睡吧。」

哪知道保姆根本就不聽他的，繼續說道：「我現在一點睡意都沒有，傅先生，我請教你，你已經看到我的身體了，我的身材比你的老婆差嗎？」

傅華感覺情形有點不對，有一種被設計的感覺，便想離開，說：「我不想跟你談論這個問題，你趕緊睡吧，我要出去了。」

哪知保姆卻翻了臉，冷冷地說道：「我非要逼著你談論呢？」

傅華看了保姆一眼，說：「你什麼意思啊？」

保姆直視著傅華說：「我還要問你什麼意思呢，那晚你對我又親又摸的，差一點就要了我的身體，難道你不該給我一個交代嗎？」

傅華冤枉地說：「請你想清楚了再說，我要跟你交代什麼？那晚明明是你偷著上我的床的，我當時喝多了，加上你用的香水跟我老婆一樣，我就把你當成了我老婆，這你不能怪我的。」

保姆不甘示弱地說：「前面我不怪你，但是後面就不對了，你既然把我當成你老婆就當到底嘛，突然停下來算是怎麼回事啊？你為什麼要停下來？你知道那樣對一個女人來說，是莫大的羞辱嗎？」

傅華真是有點啞口無言的感覺，這個女人的意思是說他沒跟她做那件事反而是他的錯了。

他不禁搖頭說：「你真是不可理喻。」說著抬腳就要往外走，他覺得已經沒有必要再跟這個保姆爭論什麼了，回頭要跟鄭莉商量一下，把這個保姆給換掉才行。

「你別走，」保姆喊道：「你敢走的話，信不信我告訴你夫人啊？」

傅華真是被保姆的話驚呆了，他沒想到看上去柔弱的保姆，心思竟這麼複雜，居然敢拿莫須有的事來威脅他，這哪還像一個弱女子啊？簡直是一條毒蛇嘛。

傅華心想：人心真是邪惡，原本他還有一念之仁，沒有想對這個保姆怎麼樣，但現在他就是不想怎麼樣也不行了。這樣狡詐的女人繼續留在家裏只能是個禍害，必須要儘快清除才對。

這也是他當初心軟才造成的後患，如果在那晚的事後，他馬上就把保姆辭退，現在就不會有這種麻煩了。

傅華不禁說：「你是一個女孩子，怎麼可以拿這種事情要脅別人呢？」

保姆冷笑一聲說：「這難道不是事實嗎？你對我做的事跟真的上床有什麼差別嗎？」

傅華斥責說：「胡說八道，是你趁我喝醉引誘我的。再說，我在關鍵的時刻也停了下來啊。」

保姆反駁說：「那也不能代表前面你做的那些都不算了，那豈不是讓你白占了便宜？反正你就應該對我負責任。」

傅華聽出保姆這是賴定他的意思，他不再跟保姆爭辯什麼，只是看著保姆說：「你知道你這是在玩火嗎？」

保姆卻笑了一下，說：「我看玩火的是你吧，傅先生?!我調查過你，知道你在女人方面也不是那麼檢點，不但出過艷照事件，還跟一個闊少爭風吃醋，跟人家的未婚妻有染，鬧得滿城風雨。我如果跟你夫人說你強暴我，她會不會相信我呢？」

傅華沒想到這個女人居然事先還查過他的底，真是夠有心計了，傅華不得不重新審視眼前這個女人。

保姆接著說道：「這是你最可惡的地方，為什麼你可以跟她們做那種事，跟我就不行？」

傅華用不屑的眼光看了看保姆，心說我就是再有欲望，也沒有到要跟你這種女人鬼混的地步。

保姆十分不平地說：「你不用用這種眼光看我，你是不是以為做保姆的女人都蠢得只會哄孩子、做飯啊？跟你說，我也不比你們差多少，我只是沒有你夫人幸運，沒生在一個有權有勢的家庭中罷了。其他的，我哪一樣也不比她差，你看我，要身材有身材，要臉蛋有臉蛋的，哪一樣不比你夫人強啊？憑什麼她就可以享受這樣的富裕生活，我卻只能做保姆服侍你們？我也該享受跟她一樣的生活才公平。」

傅華回道：「沒有人去阻止你追求這種生活，不過，你想藉這種手段從我這裏得到這種生活肯定是行不通的。」

保姆反問說：「怎麼行不通？我看行得通，傅先生，我們來做個交易吧，我也不想爭大老婆的正宮位置，我只希望她不在家的時候，你能讓我做她的替身，把我也當做你的太太。你看我對你多好，讓你左擁右抱，還不需要擔什麼責任，多少男人求都求不來的。」

傅華不禁失笑說：「想不到你還挺會為我著想的啊。」

保姆說：「誰叫我喜歡你呢。為了你，我願意委屈一下自己。」

說著，保姆就過來靠在傅華身邊，說：「其實我的夢想並不是追求什麼特別好的享受，而是擁有一個像你這樣有氣質的英俊男人，能夠疼我愛我，我就滿足了，只是可惜我身邊的那些男人一個個都是一副蠢樣。」

保姆說著，居然伸出手想去撫摸傅華的臉，一副吃定了傅華的樣子。

傅華趕忙一把抓住她的手腕，說：「我很感謝你對我的欣賞，但是，誒，你叫什麼名字來著？」

鄭莉介紹過這個保姆的姓名，但是傅華並沒有記住，後來也很少交談，所以一時之間想不起這個保姆的名字來。

保姆臉頓時氣惱說：「一看就知道你對我很不尊重，我在你家做保姆這麼長時間了，你居然連我的名字都不知道？」

傅華反諷說：「你還知道你是做保姆的啊？我尊重的是那些知道自己是什麼身分的人。我跟你說，雖然不少的保姆都夢想著取代女主人的位置，但是能夠成功的並不多，你也不會是那些成功的幸運兒之一的。」

「我不會成功?!」保姆冷笑一聲，威脅說：「這可很難說！難道你就不怕我向你夫人揭發你要強暴我嗎？如果我跟你夫人說了，我相信你家一定會鬧起軒然大波的，那時候你這段婚姻能不能保得住就很難說了。所以我勸你還是三思吧。」

「你想勒索我？」傅華氣急敗壞地說。

保姆冷笑說：「不要用勒索這麼難聽的字眼嘛，我是在跟你協商，而且是要跟你做讓你很享受的事，怎麼能算是勒索呢？」

傅華大感搖頭說：「你就是再說得天花亂墜，也是勒索。對了，我想起來了，你姓黃是吧？」

保姆嗤了聲說：「你總算還記得我姓什麼。」

傅華有點可憐的看了看保姆，覺得眼前這個女人真是有點不自量力，她以為抓到了他的痛處，就可以脅迫他屈服了。

不過傅華心中還存著一絲跟保姆和平解決的念頭，就勸道：「小黃，我也是窮人家出身的，知道底層的辛苦，但我更明白這個社會的殘酷，這個遊戲你玩不起的。你聽我一句勸，不要再玩下去了，只要你肯收手，我可以當什麼事都沒發生過。」

保姆卻把傅華的好心當做了示弱，毫不領情地說：

「你這麼說就代表你害怕了，我不會收手的，現在就看你有沒有膽量跟我把這個遊戲玩下去了。」

傅華眼見這個保姆不可救藥，只好說：「小黃，你把事情想得太簡單了，想跟我玩這一手，你還差得遠呢。行了，明天你就給我收拾東西滾蛋吧，我們家用不了你這種保姆。」

保姆沒想到傅華根本就不怕她，愣了一下，不過隨即又笑了起來，說：「你是不是以為趕在你夫人回來前把我辭掉，事情就可以解決了？想得倒美！我告訴你，事情沒這麼容易就解決的。再說，你要怎麼跟你夫人解釋突然辭掉我的原因啊？」

傅華毫不留情的說：「我要怎麼解釋是我的事，與你無關。你明天收拾好東西走人就是了。」

保姆見脅迫不了傅華，惡狠狠地說：「我會走的，不過傅先生，女人是不能輕易得罪的，你最好小心些，這件事情還沒完，你等著吧。」

傅華冷笑說：「行，我等著，我倒要看看你究竟能玩出什麼花樣來。」

第二天，傅華就跟保姆結算工資，把保姆給打發走了。

這下子傅瑾沒人照料，傅華不得不臨時從一家信譽很好的保姆公司另外找了一個保姆。又因為對這新請來的保姆不熟悉，傅華不放心把傅瑾單獨留給保姆，只好將兩人送到了鄭老那裏。

鄭老看傅華突然換了保姆，詫異地問：「誒，原來的小黃幹得好好的，你怎麼把她給換掉了？」

傅華當然不能告訴鄭老真實的原因，只好說：「爺爺，不是我要換的，是那個小黃說家裏有急事要回去，臨時辭工，我也被搞得手忙腳亂的。」

鄭老沒有懷疑，點點頭說：「是這樣啊。」

為了保姆的事，傅華忙了大半個上午，到駐京辦的時候已經十點多了。剛在辦公室坐下來，高芸就來了。

傅華看到她說：「你如果是想來問灘塗地塊的事，那我告訴你，眼下還沒戲。」

高芸埋怨說：「別把我看得那麼勢利好嗎？我就不能來看看朋友嗎？」

傅華笑說：「能，怎麼不能，不過，如果你是想來看看朋友的話，那你坐一下，讓我先喝口水，喘口氣。」

高芸不禁奇怪道：「什麼事讓你忙成這個樣子啊？」

傅華嘆說：「我把保姆給辭掉了，兒子沒人照料，不得不臨時再找一個，所以一直忙活到現在。」

「那你為什麼要辭掉保姆呢？」高芸追問。

傅華苦笑說：「不辭不行啊。」就把昨晚發生的事跟高芸說，大嘆道：「真是人心不古啊，現在這個社會風氣，人心都開始變壞了。你說一個女人怎麼可以無恥到這種程度啊？」

高芸笑說：「誰叫你那麼有魅力呢？」

傅華無奈地說：「這種魅力我寧願沒有。」

高芸說：「其實你設身處地為她想一想，也許就不會覺得她的行為是那麼無恥了。」

傅華看了看高芸，說：「這麼說你能理解她的想法？」

「是的，我能理解。她從外地來到這個繁華之地，看到和聽到的都是五光十色的物質生活，想不被誘惑是很難的。她之所以這麼做，其實是迫切想要脫離她現在的環境，想要擠進更高層次的生活。這是她的追求，也沒什麼不對的。」高芸同情地說。

傅華不禁說：「沒想到你居然能夠理解這些底層人的想法。」

高芸笑笑說：「我接觸過很多這樣的人啊，我曾經用過一個女孩做秘書，她很精明能幹，我準備好好培養她，讓她成為我的得力助手。但是這個女孩卻沒有耐心等待，沒幾天就勾搭上我們公司的一個客戶，辭職做了二奶。你知道我們和穹的工資雖然不是最高的，卻也不低了。我告訴她，在和穹集團堅持做下去的話，未來會很有前途，結果你知道她跟我講什麼嗎？」

傅華大為好奇地說：「她跟你講什麼？」

高芸感嘆說：「她說，高總啊，你說的這些都是不確定的，也許我將來會混得很好，但也許也會出什麼岔子，搞得一塌糊塗。就算我混得好，我能在北京買得起這個老闆送我的豪車洋房嗎？恐怕也不能的。既然這樣，我那麼辛苦的去奮鬥有什麼意義？還不如用自己的青春陪這個老闆幾年，弄到一筆錢退休算了。我當時什麼話都說不出來，這就是她想要的生活，我還有什麼理由去阻止呢？」

傅華也找不出什麼可以阻止的理由。現在的社會凡事都是用錢看，什麼理想，尊嚴，這些東西已經被人漠視了，人們對成功的定義就是賺了多少錢。在北京，僅僅靠工資收入的工薪階級能保證溫飽就很不錯了，不用說還能去享受什麼優渥的物質生活。因此有些人想要通過出賣自己來換得想要的生活，其實也無可厚非。

傅華聽了說：「聽你這麼說，我倒是有些理解了我家的保姆，不過，我還是無法接受她這麼對我，不管怎麼說，我還是會辭掉她的。」

高芸忍不住提醒說：「那你可要有點心理準備，她很可能真的會向鄭莉告狀的。」

傅華無所謂地說：「沒事，就算她鬧到鄭莉那裏也不會怎麼樣的。我們都這麼久的夫妻了，她總不能去相信一個保姆而不相信我吧？」

傅華話雖然說得中氣十足，心中卻有些發虛。最近他和鄭莉關係緊張，那個保姆也就是看到這一點才敢趁虛而入。

高芸不禁搖頭說：「那就難說了，女人的心理是很難琢磨的。」

傅華聳聳肩說：「算了，不去說這些了，還是說說灘塗地塊的事吧。現在中儲運雖然無意繼續發展這個項目，但是他們剛將修山置業高價拿下，這時候是不會對修山置業的財產進行低價處理的，那等於是自曝其醜，在國企當中幾乎是不可能發生的。」

中儲運高價購買修山置業，裏面肯定存在著權錢交易這些貓膩。要是揭露出來，將是一個很大的醜聞，一定會掀起狂風巨浪，到時候中儲運東海分公司，甚至中儲運總公司的高層恐怕都會受到牽連。

高芸問道：「那就沒有什麼辦法能夠讓他們無法掩飾嗎？」

高芸看中灘塗地塊當中豐厚的利益，所以急切地想要拿到它；傅華也很想讓中儲運這次購買修山置業的黑箱內幕被揭露出來，那樣也許可以將那個綁架他的傢伙曝光，甚至繩之於法。但是傅華卻不敢貿然去觸動這件事，尤其是不想讓高芸去觸動，因為那個傢伙實在太過危險，他擔心會讓高芸遭到難測的風險。喬玉甄至今仍生死未卜，他可不想再搭進去一個高芸。

傅華就說：「你不會這麼急的想要這個項目吧？高芸，你有沒有發現這個項目有些不吉利？你看，修山置業拿到這塊地這麼長時間都沒什麼發展，公司還被人轉手出售；中儲運東海分公司拿到這個項目後，也是一籌莫展，我感覺誰拿到這個項目誰就會倒楣似的。」

高芸遲疑了一下，傅華這麼說倒真是讓她心裏犯起嘀咕來了。

作為生意人，多少都有點迷信，很注重這種禁忌，便說：「你別說，好像還真是的啊。誒，傅華，你知道嗎？喬玉甄這個女人有段時間沒有出現，最近有人傳說她出事了，有的說她是被有關部門請去協助調查了，也有人說她被人給謀殺了。」

聽高芸說喬玉甄很可能被謀殺，傅華心中咯登了一下，臉色隨之也變得難看起來，沒有人比他更知道喬玉甄這段時間究竟發生了什麼，這也是他目前最不願意聽到的說法，便強笑說：「應該不會吧？也許她回香港了呢？」

高芸說：「也許吧，不過據說香港也在找她，真不知道她發生了什麼事。看來這個灘塗地恐怕真是不太吉利，和穹集團還是放一放再說好了。」

傅華勸說：「是啊，據我的經驗，你越是急於想要追求什麼，往往越是波折叢生，不如順其自然吧。」

高芸點點頭說：「傅華，謝謝你提醒我，不然這次我又要犯錯了。」

傅華笑了笑說：「客氣什麼啊。」

中午高芸就留在海川大廈吃了飯才走。現在她和傅華的相處越來越像一對好朋友，這倒不是她不再喜歡傅華，而是她知道她如果表現得太過熱情，會嚇到傅華，倒不如像現在這樣以朋友的方式相待，彼此更輕鬆自在。

東海省委，省委書記辦公室。

馮玉清對坐在她對面的鄧子峰說：

「子峰同志，有件事我想徵求一下你的意見。現在海川的市長和市委書記都由孫守義同志一個人擔任，這樣下去肯定不行，我們需要儘快找一個人來擔任市長，否則守義同志的擔子就太重了。」

鄧子峰聽了說：「是啊，海川是個大市，守義同志一人身兼兩職，身上的擔子是重了些，是應該減輕些他的壓力。」

馮玉清試探地說：「不知道你心中有沒有認為東海省哪位同志比較適合

擔任海川市長這個職務的呢？」

鄧子峰清楚馮玉清並不是真的想要問他對市長人選的意見，而是在試探他的態度。如果他直接提出人選，似乎有越權的嫌疑；同時，孫守義是他的人，如果他還要再去占住市長的位置，似乎有點過於攬權了。

鄧子峰決定不提出人選來，他不想在馮玉清新來乍到的時候就跟她有什麼衝突，便示好地說：「這個我還真沒想過，不知道馮書記您是怎麼考慮這件事的？」

馮玉清提出海川市長人選的問題，本意就是想看看鄧子峰有沒有想跟她爭權的意思，現在看來鄧子峰還挺懂得省委書記和省長間的權力界限。她滿意地說：「我剛到東海省來，對東海省的同志還不熟悉，一時間我也難以確定哪位同志適合擔任這個職務。有人跟我推薦姚巍山同志，認為他的能力能夠勝任海川市長職務。子峰同志，您知道這個姚巍山同志嗎？」

「姚巍山同志？」

鄧子峰有些錯愕，一開始他並沒有馬上想到姚巍山是何方神聖，稍作沉吟後才想起來，姚巍山是東海省政壇上的一個尷尬人物。馮玉清怎麼會把這樣一個不受待見的人給翻了出來，又是誰向她推薦了這樣一個人的呢？

這可有意思了，馮玉清這麼做是想幹嘛，她是想透過給姚巍山機會籠絡他嗎？她難道不怕這個曾經背叛過孟副省長的傢伙將來也會背叛她嗎？

鄧子峰說：「我想起來了，他是乾宇市的市委副書記，說起來這個人的能力還不錯，工作也算有些成績，只是做了市委副書記之後，這幾年有些沉寂，所以您剛才提起他的名字，我一時還沒反應過來他是誰呢。」

馮玉清說：「他的沉寂也許只是因為沒得到機會吧，我看他這幾年在市委副書記的位置上也還算是做了些事，只是沒被宣傳而已。」

鄧子峰心說：宣傳也是一種資源，只有那些很得領導歡心的人才會被宣傳，這種誰都不待見的傢伙又怎麼會有人宣傳他啊？

鄧子峰並不知道姚巍山是孟副省長推薦給馮玉清的，因此出現了誤判。他並不樂見馮玉清在東海省順風順水，如果她用了姚巍山，便會開罪孟副省長，對馮玉清今後在東海省的主政之路將會是個莫大的阻礙。

如果馮玉清順利地做滿任期，他就要老老實實的在省長位置上待五年，這等於是讓他最黃金的五年時光被虛度了，虛度這五年，他可能就再也沒有機會走到更高的位置上去了。

鄧子峰便笑笑說：「這個姚巍山是有些能力，馮書記如果想要用他，我認為是可以的。」

馮玉清等的就是鄧子峰這句話，如果鄧子峰支持，那姚巍山任職海川市長在東海省常委會上被通過，基本上就沒什麼阻礙了。

馮玉清笑說：「我還擔心他不能勝任呢，既然子峰同志認為可以，那就讓組織部門對他進行考察吧。」

鄧子峰心說：以後你就會知道你今天的決定有多麼愚蠢了，嘴上卻說：「我同意您的意見。」談完，鄧子峰就告辭離開了。

馮玉清注意到鄧子峰離開的時候，臉上閃過一絲詭異的笑容，表示鄧子峰明知道孟副省長和姚巍山的矛盾關係，卻故意不說。他一定是認為她用了姚巍山會開罪孟副省長，這個人事安排是個錯誤，而他臉上的那絲笑容，正是看到她犯錯而幸災樂禍的表情。馮玉清這時意識到，鄧子峰並不像曲煒一樣，果然還存著私心，並不甘心雌伏。

原來這傢伙還存著這種心思啊，馮玉清不禁冷笑一聲，心說：鄧子峰！你還跟我玩這一手啊，看來我對你有所防備是正確的。

北京，首都機場。

傅華接到剛坐飛機回來的鄭莉，經過長時間的飛行，鄭莉顯得十分疲憊，衝著傅華淡淡的笑了一下，就把行李遞給傅華，然後問道：「小瑾在家怎麼樣？有沒有鬧著要找我啊？」

傅華笑笑說：「兒子挺好的，鬧過幾次，不過後來就習慣了。」

鄭莉催促說：「趕緊帶我回去看他，在米蘭的這一個月，我最想的就是他了。」

傅華發動車子，直接載著鄭莉去了鄭老家。

鄭莉進門後就抱著傅瑾猛親，倒是傅瑾有段時間沒見到她，有點認生，看到鄭莉親他直往後躲。

鄭莉歉疚地說道：「兒子，媽媽以後不再離開你這麼久了。」

這時，鄭莉注意到新請的保姆，納悶地說：「你是誰啊，原來的保姆小黃呢？」

在鄭老家，傅華不方便講小黃對他做了什麼，便解釋道：「小黃辭職了，這是我新請的保姆，她很稱職，把傅瑾照顧得挺好的。」

鄭莉還是有點不太習慣，說：「小黃幹得好好的為什麼要辭職啊？」

傅華說：「她說家中有急事，需要回去處理。」

鄭莉疑惑的看了看傅華，不過這刻她一心繫在兒子身上，便沒再追問保姆辭職的事了。

當晚鄭莉就把保姆和傅瑾帶回家，跟傅瑾玩鬧著。傅華本想回到家把小黃脅迫他的事跟鄭莉講，但看鄭莉跟傅瑾玩得興致勃勃，覺得不好在這個時候去打斷他們，只好暫時作罷。

第二天一早，傅華起床時，鄭莉睡得正香，他知道她旅途勞頓，也就沒叫醒她，讓保姆給他弄了點早餐吃了就去上班。

十點多時，傅華接到鄭莉的電話，鄭莉語氣嚴肅的說：「你現在馬上就給我回來，我有事要問你。」

傅華心往下沉，知道很可能是小黃的事，便匆忙趕回家。

一進門就看到鄭莉臉色鐵青的坐在客廳裏。傅華趕忙走了過去，說：「小莉，你先別生氣，你聽我說，不管小黃跟你說什麼，那都是假的。」

「假的？難道一個女孩子會糟蹋自己的清白嗎？」鄭莉瞪著眼睛看著傅華說：「傅華，你居然把主意打到自家的保姆身上，真是太讓我失望了。」

傅華鎮定地說：「小莉，先冷靜一下好不好？我沒做對不起你的事。」

鄭莉喊道：「我冷靜，我冷靜的下來嗎？剛才不是我打電話關心小黃家中出了什麼急事，差一點就被你騙過去了。你說，既然你沒做對不起我的事，為什麼要騙我小黃是家中有急事辭職的？小黃跟我說是你想強暴她不成，就報復的辭掉了她。」

傅華解釋說：「我沒想要騙你，不過當時在爺爺家，我總不能說小黃想要引誘我不成，就想用告發我來脅迫我就犯吧？再說，我有急色到要去強暴保姆的地步嗎？」

鄭莉看了看傅華，剛才她是因為生氣一時沒有多想，此刻冷靜想想，傅華的確不是會對保姆下手的人。鄭莉知道丈夫是很有女人緣的那種男人，身邊總圍著不少的花花草草，傅華如果真的想要女人，一定不會困難的，根本沒必要跑去強暴保姆。

鄭莉狐疑地說：「那究竟是怎麼一回事啊？」

第三章

官迷心竅

何飛軍聽歐吉峰說出了變故，
臉上頓時失色，心中恍然若失，
歐吉峰看何飛軍著急的樣子，心中暗自好笑，
這傢伙還真是官迷心竅啊，
一句出了變故就把他嚇成這個樣子，
這傢伙可真是夠蠢的了。

傅華就不再隱瞞，把小黃色誘他的事從頭講了一遍。

鄭莉聽完，不禁愣住了，說道：「傅華，我們之間真的有這麼大的問題嗎？居然連小黃都看出來，想要趁虛而入了？」

傅華苦笑著說：「小莉，你要追求事業成功我不反對，但是我希望你能夠合理分配好你的時間，不要因為工作而忽視了家人的感受。幸好你已經答應我從米蘭回來就要收心回歸家庭了，以後我相信就不會有這個問題了。」

沒想到鄭莉卻說：「傅華，對不起，我還沒有要收心回歸家庭的打算。」

這下換傅華愣住了，說：「為什麼啊小莉，你不是跟我說好的，從米蘭回來就會多用心思在家庭上面的嗎？」

鄭莉歉意地說：「傅華，你沒去過米蘭你不知道，那裏真是讓我大開眼界，我這才知道服裝設計原來學無止境，見過了那些頂尖的設計，你讓我怎麼能靜得下心來啊？而且這次我見到很多大師，請他們指教了一下我的作品，他們都認為我的設計很有特色，認為我在這一行可以走得更遠。」

傅華看到鄭莉神采奕奕，眼睛發亮，滿面紅光，像是發現了新大陸一樣。傅華明白一個美好的世界展現在鄭莉的面前，這個世界對鄭莉充滿了誘惑，想要眼界已經被打開的鄭莉再回歸到家庭裏，確實是很困難的。

鄭莉雖然身體上沒有出軌，但心靈上卻已經出軌了，她的心更多地放在服裝設計上，而不是和他的婚姻上。傅華也體悟到這次鄭莉並沒有抓住他和小黃的事不放，並不是鄭莉真的相信了他，而是她其實並不在乎他跟小黃究竟發生了什麼。

傅華就有些惱火，對鄭莉說：「你既然都不重視這個家了，何必還要假惺惺的把我叫回來問我跟小黃的事啊？你去忙你的服裝設計豈不是更好?!」

鄭莉歉疚地說：「傅華，我不是……我是……」

鄭莉想要作出解釋，卻想不出解釋的理由，兩隻手比劃了半天，還是沒說出什麼來。

傅華苦笑了一下，說：「我明白你的意思了，你還是想把重心放在你的工作上就是了。」

傅華說完，轉身就往外走，他實在很失望，原本他還期待鄭莉回來能夠收收心，修復一下他們的關係。結果卻與他的期望完全相反；鄭莉不但沒有收心的意思，反而被米蘭的絢爛引誘的心更野了。他們的婚姻雖然還沒有支離破碎，卻被鄭莉給放到邊緣的位置上，這讓他心中充滿了落寞。

傅華本以為鄭莉會在背後叫住他，但是直到他走出家門，鄭莉也沒有喊住他，傅華嘆了口氣，心說這也許是上蒼對他的懲罰吧，讓他不可能既擁有跟鄭莉婚姻的幸福，又擁有馮葵給他帶來的激情。

出門後，傅華上了車，正想發動車子，手機響了起來，是馮葵的號碼。他把鄭莉對他的冷淡歸咎於上天要懲罰他跟馮葵的往來，因此就不想接這個電話。但是電話不依不饒的響著，搞得他心情越發的煩躁，不得不抓起電話接通了。

馮葵的聲音傳了過來，說：「老公，生氣的時候就不要開車了，你先冷靜一下。」

傅華呆住了，趕忙四下看了看，以為馮葵是不是在附近看到他了。

馮葵笑說：「別看了，我不在附近。誒，怎麼回事啊，老大昨天才回來，今天就跟你鬧彆扭了？」

傅華質問說：「你先告訴我，你究竟是怎麼知道我的一舉一動的？」

馮葵笑了笑說：「這有什麼難猜的啊，不就是我找人在盯你的梢嗎？誒，你跟高芸一起吃午飯，我也看到了。」

傅華很驚訝馮葵為什麼會找人盯他的梢，說：「小葵，你搞什麼名堂，找人跟蹤我幹嘛啊？」

馮葵說：「我不放心你的安全嘛！再是我也想知道除了高芸之外，你還有沒有小四小五之類的啊。」

傅華心中很是感動，畢竟還有人在乎他，就說：「好了，我沒事了，趕緊把人都撤走。別讓我做什麼都要擔心身後還有一雙眼睛在盯著我看。」

馮葵擔心地說：「可是那樣子就不安全了。」

傅華假做生氣地說：「跟你說沒事了！好了，別讓人跟著我了，否則不理你了。」

馮葵趕忙陪笑說：「行，我不讓人跟著你就是了。你也平靜一下，帶著情緒開車很容易出事的。」

傅華答應說：「行，我知道了。」

傅華發動車子剛想回駐京辦，手機又響了起來，是何飛軍打來的。最近何飛軍變得老實多了，不知道他打電話來所為何事。

傅華接通電話，說：「何副市長，有什麼指示？」

何飛軍說：「指示不敢，就是我晚上要用車，傅主任給安排一下吧？」

何飛軍是個很愛擺譜的人，他嫌計程車不夠檔次，經常會在駐京辦調車去用，傅華對此早已習以為常，就笑笑說：「行，我會派車去接你的。」

何飛軍回說：「那謝謝了。」

晚上，駐京辦的車去黨校接到了何飛軍，何飛軍滿臉的焦躁之色，他晚上請假是因為他需要趕緊去找到歐吉峰。歐吉峰早就從吳老闆那裏把錢拿走了，但是他答應的讓他出任營北市市長的事卻遲遲沒有兌現。

這把何飛軍給急壞了，他還等著這個市長任命來揚眉吐氣呢，偏偏歐吉峰總是以這樣那樣的理由推搪，說是任命現在還在走程序，讓他不要著急。

何飛軍能不著急嗎？眼見他很快就要從黨校學習完畢啦，如果這個任命再不下來，那他只有回到海川繼續接受孫守義的領導了。

何飛軍很清楚因為找私家偵探的事，孫守義雖然沒有跟他們夫妻公開翻臉，但是對他們肯定心存惡感，要是回到海川，孫守義還不知道會給他什麼小鞋穿呢。

何飛軍就不斷的催促歐吉峰，搞得歐吉峰煩到不行，直接就拒接他的電話了。這下子，何飛軍越發沉不住氣，擔心歐吉峰是個騙子，所以就想用駐京辦的車去歐吉峰的公司找歐吉峰。

何飛軍費了好一番功夫才找到豐和日化公司的所在位置，辦公室藏在一棟很老舊的大廈裏，位於北京的老城區。何飛軍一看，這家公司只租用了三間辦公室，門口掛了個「豐和日化」的牌子。

看到這情形，何飛軍有點發愣，這可不像一個能開得起寶馬七三〇的人開的公司，更不像一個神通廣大的人開的公司。何飛軍十分懷疑歐吉峰的寶馬是用來裝門面的，他的真實實力其實並不怎麼樣。

這些年官場混下來，何飛軍也有些瞭解，社會上有一類人是專門裝大款、裝有權有勢的人來騙人的，歐吉峰就像極了這種人。何飛軍心中有些不妙的感覺，他敲了一下總經理辦公室的門，門裏傳來了歐吉峰的聲音。

歐吉峰正坐在辦公桌後打電話，似乎在聯繫一筆業務。他看到何飛軍愣了一下，神情中閃過一絲慌亂，不過隨即就鎮靜下來，說：「何副市長，你有必要追到我公司來嗎？我歐吉峰在北京可是有頭有臉的人，不會為了區區幾百萬就去騙人的。」

何飛軍注意到歐吉峰的慌張，越發懷疑歐吉峰是個騙子，但是他對市長位子的強烈渴望蒙蔽住了他的理智，在心中幫歐吉峰找到理由，也許歐吉峰的慌亂是因為沒想到他會找上門來之故。他想還是先聽聽歐吉峰做出什麼解

釋，再視情況決定歐吉峰究竟是不是個騙子好了。

何飛軍就笑笑說：「歐總，我這不是著急嗎？原來你可是答應我兩三個月就能讓我成為市長的，可現在時間早就超過了，你這邊卻一點消息都沒有，我打電話你也不接，我不來找你怎麼辦啊？」

歐吉峰看何飛軍的神態不像來跟他翻臉的樣子，讓他鬆了口氣，忙站起來，指著沙發說：「來，何副市長，先過來坐。」又給何飛軍倒上水，經過這番緩衝，他心中已經有了應付何飛軍的辦法了。

兩人一起坐到沙發上，歐吉峰便說道：「何副市長，我比你還著急啊。我不接你的電話，是因為我朋友那邊沒有進一步的消息。幸好今天朋友總算給了我明確的答覆，原本你出任營北市市長的程序就要走完了，誰知道在這時候出了些變故。」

何飛軍聽歐吉峰說出了變故，臉上頓時失色，心中恍然若失，如果他不能做營北市的市長可怎麼辦啊？

何飛軍急問道：「歐總，究竟出了什麼變故啊，不會我不能做這個營北市的市長了吧？歐總，事情不能這樣啊，你接下吳老闆三百萬的時候，可是答應我們，一定讓我做成這個市長的。」

歐吉峰看何飛軍著急的樣子，心中暗自好笑，這傢伙還真是官迷心竅啊，一句出了變故就把他嚇成這個樣子，這傢伙可真是夠蠢的了。

就在這時，歐吉峰腦海裏忽然靈光一閃，心說也許還能從這傢伙身上再撈上一筆，便裝做很殷勤地說：

「何副市長，你先別急，不是你想的那樣，並不是事情本身出了什麼變故，問題是你趕上的時間點很不好，你也知道，東海省現在更換了新的省委書記。新的省委書記到任，原來進行的一些人事安排就全部被暫停了，你的市長任命也正是因為這個才被擱置下來的。」

聽歐吉峰這麼說，何飛軍的臉色才變得好看了一點。在他看來，歐吉峰說的這個理由是成立的，馮玉清剛取代呂紀成為東海省新的省委書記，在這個時間點，省委常規上是可能會暫停人事變動的安排的。

何飛軍就不再懷疑歐吉峰是個騙子了，反而為自己正好趕在這個時間點上而鬱悶，嘆了口氣說：「我怎麼這麼倒楣啊，偏偏在我要出任營北市市長的關口換了省委書記呢？唉！」

歐吉峰心想這傢伙還真是好哄，居然這樣就相信了，笑笑說：「何副市長，你的運氣是差了一點，不過好在事情並沒有不行，你耐心的等一等吧，等東海省的情況穩定下來，我想這個人事安排就會繼續的。」

何飛軍忍不住問：「我要等到什麼時候啊？」

歐吉峰說：「這我就不好說了，要看新任的省委書記什麼時候會著手處理這些人事安排才知道。」

何飛軍忽然想到了一個問題，一下子緊張起來，按照歐吉峰的說法，他要出任營北市市長的人事安排是上一任省委書記呂紀時期做的決定，現在的省委書記是馮玉清，正所謂一朝天子一朝臣，馮玉清會不會改變這個人事安排啊？如果那樣的話，他可就慘了。

何飛軍緊張地看著歐吉峰，問道：「歐總，你說這個新任的省委書記會不會改變原來的人事安排啊？」

「這個嘛，」歐吉峰故作沉吟了好半天，事態的發展正如他所預料的那樣，甚至比他預料的情況還好，何飛軍不自覺地就按照他的思路走了。他笑了一下，說：「應該不會吧，新任的省委書記應該不好一上來就去改變上任書記所做的決定吧？」

何飛軍聽歐吉峰現在所說的話完全不像之前那麼肯定，而是模稜兩可的，就有些著急了，看著歐吉峰說：「歐總，什麼叫應該不會啊？應該不會就是無法保證了。你可是拿了吳老闆三百萬的，到時候如果你無法兌現承諾，你跟吳老闆怎麼交代啊？」

歐吉峰臉色一沉說：「你什麼意思啊，我需要跟吳老闆交代什麼啊？我該做的事可都做了，我問心無愧。而且這三百萬也不是都我拿了，我也是給幫你辦事的人。如果你真的無法坐上市長位置，你也怪不了我的，誰叫你趕在這個省委書記換人的時間點上了呢？」

何飛軍有些惱火地說：「你不能這樣子啊歐總，沒有這樣辦事的。你拿了我們的錢，如果沒辦成事的話，就應該把錢給退回來的。」

歐吉峰苦笑了一下，說：「怎麼退啊？我送錢的那些人可都是有頭有臉的人，官職都相當高的，難道說我去找到他們，說：『誒，某某人的事情沒辦成，你把錢全部退回來吧。』這可能嗎？何副市長啊，你就再耐心的等等吧，也許新任的省委書記維持了原來的人事安排呢？」

何飛軍不禁質問說：「你這意思就是讓我聽天由命了？如果是這樣的話，我們何必給你三百萬啊？不行，這樣不可以的。」

歐吉峰擺出一副無辜的表情說：「哎呀，何副市長，你這就讓我為難了，這件事的責任並不在我，我也讓我的朋友跟東海省打過招呼了，相關的文件你也看到了，本來事情都挺順利的，誰也沒想到會發生這種變故，你不應該怪我的。」

何飛軍十分不滿地說：「那我要怪誰啊，難道怪我自己嗎？你剛才說你的朋友跟東海省打過招呼，你說的這個朋友，是不是就是上次吳老闆提起的那個做大領導的同學啊？」

歐吉峰點頭說：「是他不假，不過你不要到處講，他不喜歡讓人知道他參與這些事。你問這個幹什麼啊？」

原來是何飛軍心中浮起了一個想法，便期盼地看著歐吉峰說：「我的意思是，既然他跟東海省打過招呼，能不能讓他再跟現在的省委書記馮玉清打一次招呼啊？」

歐吉峰為難地皺了一下眉頭，堅決的搖搖頭說：「何副市長，說得輕巧，你也是官場中人，應該知道這些大領導是金口難開的，他上次為你開口已經是破例了，這次肯定是不行的。」

何飛軍糾纏著說：「上次的事不是到現在還沒辦好嗎，難道他就不能再出一次面？歐總啊，所謂好人做到底，送佛送到西，你總不能事情做一半就不管不顧了吧？」

歐吉峰一臉無奈地說：「何副市長，你這真是難為我了。你不知道，我們雖然是同學，但是人家現在的身分跟我相差懸殊，我去找他辦事都不好輕易開口的，也不能空著手去，所以能不去找他，我是不會輕易去找他的，你的事我也是磨不過吳老闆的面子，才不得不去求他的。」

何飛軍這時候才聽懂歐吉峰的意思，歐吉峰不是不能去找他的同學，而是不能空著手去，這就是要錢的意思了。

若說是錢的問題，解決起來就相對容易的多了，只要給錢就是了。問題是何飛軍手頭並沒有太多錢可以給歐吉峰，他看了看歐吉峰說：「歐總，你不會是想再跟我們要三百萬吧？」

歐吉峰看何飛軍已經明白他的意思了，他也並不想再跟何飛軍要三百萬，那樣何飛軍可能會翻臉，他只是想多要點錢就行，於是說道：「我怎麼會再跟你要三百萬呢？這件事沒辦好雖然不是我那朋友的責任，但是他總是沒有善始善終，他也不會好意思再跟我要那麼多錢的。」

何飛軍覺得歐吉峰繞過來繞過去的，歸根結底還是想再要點錢，就說：「好了，歐總，你不要浪費時間了，說吧，你究竟想要多少？多少錢才能讓你的朋友能夠再幫我說句話。」

歐吉峰心頭竊喜，何飛軍這條大魚咬鉤了，他笑了一下，說：「三百萬是不需要，不過一百萬總要吧，少了我也拿不出手的。」

一百萬？何飛軍有些為難，如果是幾十萬，他還可能想辦法幫歐吉峰弄到，這一百萬可是超出他目前的支付能力了。他在娶顧明麗之前，給了前妻不少的資產才買得前妻同意離婚，原本的家底為之一空，因此他現在手頭十分拮据。

這恐怕還是要跟吳老闆張口了，不過吳老闆會不會願意拿出這個錢，何飛軍心中卻沒底。吳老闆已經花了三百萬，還沒得到任何的收穫，他會繼續做這筆蝕本的生意嗎？

這需要顧明麗出面跟吳老闆談談，吳老闆是顧明麗的關係，由顧明麗跟他交涉相對容易些。何飛軍說：「歐總，這一百萬我暫時無法答應你，這樣吧，你給我幾天時間，讓我跟吳老闆商量一下。」

歐吉峰說：「隨便你了，我不著急的。其實真沒必要再花這一百萬的，你耐心等等，也許很快就能等來市長任命的。」

何飛軍心說：我才沒那麼傻呢，現在市長寶座都不一定能爭得到，再等就更沒有機會了。

何飛軍心急地說：「行了，歐總，你就別講這種沒用的廢話了，我不跟你囉嗦了，我要回去找人商量這一百萬的問題，就先告辭了。」

歐吉峰說：「行，何副市長趕緊找人去商量吧。」

回到黨校，何飛軍並沒有馬上回宿舍，而是去學校的操場，在那裏找了個沒人注意的角落，然後撥電話給顧明麗，把歐吉峰再跟他要一百萬的事跟顧明麗說。

顧明麗聽完，懷疑地說：「這個混蛋，這不是趁火打劫嗎？老何啊，我覺得這件事有點不太對勁，你現在聽到和看到的都是聽歐吉峰一個人說的，你從來也沒見過他那位大領導的同學，究竟是不是這麼回事，你根本就無從認定。」

何飛軍不願意去相信顧明麗說的，人在癡迷於某種事情的時候，是聽不進別人的勸的，他說：「明麗，你不懂的，歐吉峰說的這些都沒錯，省委書記易人，通常是會暫停人事變動的；再說，這個歐吉峰可是吳老闆介紹的，他跟吳老闆早就認識，難道說吳老闆也會騙我們嗎？」

顧明麗說：「吳老闆當然不會騙我們，那三百萬可是他付的，他騙我們就等於是在騙他自己。」

說到這裏，顧明麗對歐吉峰的懷疑便減輕了很多，吳老闆她是知根知底的，推薦的人顯然不會是騙子，於是說：「老何，那你打算怎麼辦？」

何飛軍此刻仍未打消他的市長夢，心中還有僥倖心理，見顧明麗問他怎麼辦，說道：「叫我說，還是跟吳老闆說說這件事吧，看看吳老闆能不能幫我們出這筆錢。」

顧明麗自然也希望何飛軍能夠更上一層樓，就說道：「行啊，我跟他說看看。」

何飛軍不滿地說：「別光說看看，你要盡力爭取才對。我相信吳老闆會出這筆錢的，他應該不會看著前面的三百萬打水漂吧？」

顧明麗想了想說：「也是，我盡力說說吧。」

何飛軍又交代：「說完給我個電話，告訴我結果是什麼。」

顧明麗就掛了電話。何飛軍焦躁不安的在操場上等著顧明麗回話。

過了一會兒，顧明麗的電話打了過來，何飛軍急忙問道：「吳老闆究竟怎麼答覆的？」

顧明麗回說：「吳老闆的意思是，如果這個歐吉峰是可靠的，再拿這一百萬也無所謂；但是如果歐吉峰根本是在騙人，那給他這一百萬就是打水漂了，所以必須要先搞清楚這個歐吉峰是不是在騙我們。」

何飛軍有些失望，他原本以為只要顧明麗找到吳老闆，吳老闆就會慷慨解囊，付這一百萬給歐吉峰的，誰知道還有這麼多周折。如果因此浪費了寶貴的時間，或者惹惱了歐吉峰，那他的市長夢可能就無法實現了。

何飛軍不悅地說：「是你跟吳老闆多嘴了吧，跟你說了，這個歐吉峰沒什麼問題。想搞清楚歐吉峰有沒有問題是件容易的事嗎？我們讓他辦的事根本就無法上到桌面的，你怎麼查啊？」

顧明麗委屈地說：「老何，你別誤會，不是我多嘴，而是吳老闆跟我的感覺一樣，也覺得這個歐吉峰似乎有問題。吳老闆決定明天就飛北京，跟歐吉峰當面聊聊，然後再決定是不是要給他這一百萬。」

何飛軍對此自然不太滿意，不過給錢的人是吳老闆，他無權反對吳老闆的決定，只好說道：「行，那就等吳老闆來了再做決定吧。」

傅華晚上回到家，看到鄭莉準備了一桌子豐盛菜肴，一看到他回來，就走過來接過他的手包，示好地說：「洗手吃飯吧。」

傅華感覺有點反常，他原本準備回來跟鄭莉冷戰的，誰知道鄭莉居然擺

出一副賢慧的主婦形象給他看，這讓他就是想擺臉色給鄭莉看，也無法板起臉來了。

鄭莉看傅華用詫異的眼神看著她，就笑笑說：「你今天說的那番話讓我想了很多，服裝設計雖然是我喜歡的工作，但是你和兒子才是對我最重要的，是我不好，我最近確實是忽略了你和兒子，所以特別做了一桌子菜給你賠罪。」

傅華這才釋懷說：「夫妻之間也沒什麼賠不賠罪的，只要你以後不再那麼忙於工作就好了。」

鄭莉承諾說：「我會減少一些不必要的工作的。」

兩人間的氣氛就和緩了很多，鄭莉還特別開了一瓶她從義大利帶回來的西施佳雅葡萄酒，這酒是一名很欣賞鄭莉設計的服裝大師專門送給鄭莉的。據說是義大利的拉菲，托斯卡納的酒王之王。

這種酒不但名字很美，讓人有一連串浪漫的暇想；包裝也很美，寶藍色的瓶蓋，圓形藍底八道金針的標誌，帶有獨特的地中海藝術氣息。

它的酒液呈深紅寶石色，味道濃郁，內斂而有深度，喝到如此好的酒，讓傅華本來就因為鄭莉主動跟他和解的好心情更加愉悅了起來。

吃完飯，傅華和鄭莉早早的上了床，他們喝掉一整瓶的西施佳雅，都有點微醺，又很久沒在一起。上床後，身體很自然的就交纏在一起。鄭莉為了討好傅華，更比以往放得開，賣力地迎合著傅華。

傅華很久沒在鄭莉身上享受到這麼曼妙的滋味，全身的血液都在沸騰，目眩神迷，讓他有快爆炸的感覺。

在快樂的巔峰時，傅華忍不住脫口喊道：「小……」

這個小字剛喊出口，傅華的身體一滯，因為他腦海裏想喊的居然是小葵，而非小莉。幸虧他及時發現，沒把下一個葵字給喊出來，這才避免了被鄭莉發現他心中想的其實是別人。

吳老闆第二天上午到了北京，不過因為何飛軍還在黨校學習，晚上才去吳老闆下榻的酒店跟吳老闆見了面。

何飛軍希望吳老闆能幫他出這一百萬，讓他儘快做上營北市的市長，因此一見到吳老闆就馬上說道：「吳老闆，我覺得歐吉峰並沒有什麼不對的地方。這次恐怕還要讓你破費了。不過你放心，只要我的市長做上去，我一定會想辦法回報你的。」

吳老闆看著何飛軍，笑了笑說：「何副市長，你先別急，這人一心急往往就失去了對事物的判斷力，也會讓人有機可趁的。」

何飛軍說：「你還是認為歐吉峰有問題？」

吳老闆笑了笑說：「事情本身可能沒什麼問題，但歐吉峰這個人卻可能有問題，就他提出來再要一百萬這件事，我認為他這是想敲我們的竹槓，他看出你太急迫想要做這個市長，所以坐地起價，想要再敲你一筆。」

作為一個商人，吳老闆看問題的角度跟何飛軍是截然不同的，他先注意的是歐吉峰可以在這件事情上獲得什麼利益；這麼一想，歐吉峰想要多賺一百萬的用意就昭然若揭了。

何飛軍的急迫心情，成為歐吉峰趁機抬價的砝碼，吳老闆因此覺得他有必要再走一趟北京，拿出他的商業手腕來對付歐吉峰。現在何飛軍一見面就說歐吉峰所說的是合理的，越發讓吳老闆覺得他這趟北京之行很正確，何飛軍這個傻樣根本就是掉進了歐吉峰設的圈套裏去了。

何飛軍疑惑的說：「應該不會吧？他昨天跟我說的合情合理，我覺得他不像是在敲竹槓的意思。」

吳老闆笑笑說：「何副市長，你不要再幫他說話了，你一向在官場，並不懂得商人的心理。現在歐吉峰看出你急於要拿到營北市的市長，為了這個，你什麼都肯答應，這對他來講是個賺錢的機會，作為商人，他是不會放過這個機會的。」

何飛軍卻仍執迷不悟地說：「吳老闆，你不要單純的去算經濟賬，我們要算政治賬。我能夠早點成為營北市的市長，也就能早點從這個職位上獲取回報。另外，早點占住這個位置，也能減少一些變數吧？」

吳老闆看何飛軍認定了要給歐吉峰一百萬，心裏暗道：你花別人的錢倒是不心疼，但錢可是老子一分一毫賺來的，老子不能白白的便宜了別人。

他知道勸說不了何飛軍，就說：「好了，我們不用爭了，等會兒歐吉峰會過來跟我碰面，到時候究竟是怎麼回事，你一看就明白了。」

何飛軍很擔心此舉會壞了他的大事，再三叮嚀說：「吳老闆，那你可要拿捏好跟他交涉的分寸啊。」

吳老闆笑笑說：「我心裏有數的。」

過了半個小時，歐吉峰到了，開口就說：「老吳啊，一百萬而已，何必親自送來呢？」

吳老闆正色說：「老歐，我不是來送錢的，你這事辦得可不對啊，說好三百萬讓何副市長成為營北市市長，現在三百萬已經給你了，你怎麼還要一百萬啊？」

歐吉峰訴苦說：「老吳，這你可誤會我了，我是想讓何副市長再等等的，可是何副市長心急，非要我再去找我的朋友出面，我跟他要一百萬做見面禮，這不過分吧？」

吳老闆埋怨說：「老歐，這就是你的不對了，再等等，等到什麼時候去啊？當初我們可是談好時間的。你的朋友究竟是什麼意思，怎麼會這麼言而無信啊？我雖然不是官場中人，但是我覺得官場跟商場沒有多大的區別，商人講究信譽，難道官場中人就不需要講究信譽了嗎？」

歐吉峰看吳老闆處處針對他，知道事情有變，辯解說：「老吳，不是我朋友不講信譽，而是東海省省委書記換人，原本談的就可能產生變數……」

吳老闆打斷歐吉峰的話說：「老歐，你不要找理由了，東海省省委書記換人不假，但就你朋友那個職務，難道現在的省委書記敢不買他的帳嗎？」

歐吉峰說：「那當然不會了。」

吳老闆說：「這不就得了嗎？這本來就是你朋友一句話的事，怎麼還要一百萬呢？難道說你的朋友準備一件事收兩筆錢？生意可沒這麼做的。」

歐吉峰滑頭地說：「老吳，你別老說生意生意的。不要把官場上的事跟商場混為一談，這裏面的規則是不一樣的，兩者間可畫不上等號，現在是事情增加了難度，多收點錢也無可厚非，你不能誣賴說是我的朋友一件事收兩筆錢啊。」

吳老闆反駁說：「老歐，我們當初講好的明明是三百萬讓何副市長坐上營北市市長，可沒講什麼難度不難度的。再說，你所謂的難度，不就是你的朋友多打一通電話嗎？多打一個電話你就要我一百萬，是不是也太狠了點？」

歐吉峰不高興地說：「狠嗎，我倒覺得很便宜了，我朋友出面說一句話難道就僅僅值一百萬嗎？我跟你說，這還是因為我的面子，換了別人，就是拿再多的錢，我朋友也不會出面的。」

這時何飛軍在一旁看兩人越說越僵，怕兩人真的鬧翻，趕忙插嘴說：「好了兩位，你們先冷靜一下好嗎，我們來是商量怎麼解決問題的，可不是來吵架的。」

吳老闆說：「何副市長，我也不是來吵架的，不過事情沒這麼做的，明明講好三百萬換一個市長，憑空多出來一百萬算是怎麼回事啊？這個口子絕對不能開，否則會不斷有這樣那樣的事出來，再跟我們不斷要錢的。」

歐吉峰不滿的說：「誰跟你不斷要錢來了？這一百萬不是何副市長催得急，非要我去找我的朋友，我才不得不加上的嘛？」

吳老闆笑了起來，說：「老歐啊，我們都是商場中人，跟我玩這種欲擒故縱的手法就沒意思了吧？你當我不知道你是看透了何副市長急著要做營北市市長，才會故意誘導他自己提出這個要求的嗎？」

歐吉峰臉紅了一下，心說姓吳的果然是老練成精的人，一眼就看穿了他的意圖，卻不承認說：「老吳，你這可有點以小人之心度君子之腹了，我可沒這種想法。」

吳老闆冷笑了笑說：「有沒有這種想法你心裏最清楚。好吧，既然你說我是小人，那我就先小人一會兒吧。老歐，我這麼跟你說吧，這多出來的一百萬我不是出不起，而是我不會做冤大頭。現在擺在你面前有兩條路，一是儘快安排何副市長出任營北市的市長，我們之間就算是銀貨兩訖，互不相欠；二是如果你無法辦成這件事，那就把三百萬還給我，否則你可別怪我通過法律手段向你追債了。」

第四章

奇貨可居

吳老闆一直仰慕呂不韋，
很想學呂不韋做奇貨可居的生意，
想在政壇上扶持一兩個官員出來，
現在聽到歐吉峰談到某中央領導是他的同學，
眼前閃現一道曙光，終於可以運作他的奇想了。
而他的奇貨就是何飛軍。

吳老闆這是要跟歐吉峰攤牌的意思了，何飛軍就有些急了，擔心因此惹惱了歐吉峰，他的市長美夢就會化為泡影。他急忙過去拉了一把吳老闆的胳膊，說：「吳老闆，你別這麼衝動，有話我們可以好好跟歐總商量嘛。」

吳老闆看著何飛軍說：「何副市長，我吳某人做這麼多年生意，還是第一次被人這麼搞的。你不用勸我了，我的心意已決，要麼三百萬還我，要麼幫你坐上市長寶座，二選一，讓他看著辦吧。」

歐吉峰的臉色變了變，他知道這次算是踢到鐵板上了，他自然不想還吳老闆三百萬，而且他也沒三百萬可以還給吳老闆了。那三百萬他自己用了一部分，還有五十萬，他付給了一個叫做朱天玲的女人，這個女人說能夠幫人買官，他就花了五十萬讓朱天玲幫忙給何飛軍買個市長做做。

這裏面的故事說起來其實也並不複雜。朱天玲是個五十多歲的女人，長得貌不驚人，甚至有點醜，但是卻長期在五星級大酒店包房，生活豪奢，結交來往的都是北京政商兩界的大人物，這女人本身也頗有大人物的架勢。

歐吉峰是在談一筆業務的時候，在朋友那裏見到了這個女人。朋友介紹說朱天玲是個很有能力的女人，能搞到一些別人搞不到的緊缺物質的配額。

朱天玲看歐吉峰的朋友這麼介紹她，很不以為然地說：「這沒什麼，也不怕讓你們知道，我跟中央的某某人是同學，找他辦這點小事還不是輕而易舉的。」

朱天玲說的這個某某人是現在當權的紅人之一，歐吉峰當時並沒有什麼持別的想法，只是覺得朱天玲能跟某某人是同學，難怪能夠長期在五星級酒店包房。

不過他也並沒有太拿朱天玲和她的同學當回事，因為這個某某實在是太大的一個大人物了，對他這種小老百姓來說實在是太過遙遠，遙遠到都不敢去高攀的程度。但是歐吉峰的腦海裏卻記住了這個名字，以及他跟朱天玲的同學關係。

後來在一次酒宴上，幾個朋友相互吹牛，當時歐吉峰喝多了，就把朱天玲的故事移植到自己身上，信口開河的吹噓他跟某某人是同學，兩人的關係怎麼怎麼好，他又如何能夠通過這位同學拿到很多物質的配額……

歐吉峰這麼吹噓本來沒什麼，他也沒打算去騙人，北京這地方龍蛇混雜，多少人在酒桌上都是這樣拉大旗作虎皮，愛把自己跟某些大人物扯上關係，好顯得他多麼有本事。見慣這些的人是不會拿這些話當回事的，酒過了就跟沒說是一樣的。

但是這次有所不同的是，酒宴上還有一個吳老闆在，說者無心，聽者有意，吳老闆竟把歐吉峰吹牛的話當真了。

吳老闆是個頗有才略的人，雖然身在商場，卻十分仰慕商界前輩呂不韋，很想學呂不韋做奇貨可居的生意，想在政壇上扶持一兩個官員出來，將來好讓這個官員對他的生意提供些便利。

吳老闆心懷此想多年，卻一直沒有機會實現這個雄心大志，因為他還沒結識到政界的大人物，根本就沒有管道來實行。現在聽到歐吉峰談到某中央領導是他的同學，眼前頓時閃現一道曙光，覺得終於可以運作他的奇想了。而他的奇貨就是何飛軍。

由於顧明麗曾在吳老闆面前抱怨何飛軍上面沒人，做了許久副市長，卻遲遲得不到升遷。吳老闆就有要幫忙何飛軍運作的想法，只是苦無管道，現在管道就擺在眼前，吳老闆當然是不能放過了。

於是吳老闆在第二天專門找到歐吉峰，跟歐吉峰談幫忙何飛軍買官的事。歐吉峰見到吳老闆，昨天喝的酒還沒有完全醒過來呢，聽到吳老闆說要他幫忙買官，好半天沒弄明白狀況，心裏還直犯嘀咕，心說：我要是有這本事，我還不給自己買個市長幹幹，何必開小公司賺這點辛苦錢。

吳老闆看歐吉峰一再推搪說他不知道該怎麼幫忙，心中反而對歐吉峰更加相信了幾分，如果歐吉峰立即大包大攬的把事情承攬下來，他反而會懷疑歐吉峰是個騙子。因為真正有本事的人通常都是低調不事張揚的，歐吉峰就是這個樣子。因此吳老闆便對歐吉峰請求得更加殷切了。

一來二去，歐吉峰總算明白了吳老闆為什麼會找上他，本來只是他酒後不經大腦的吹牛話，沒想到吳老闆還當真了。

一開始，歐吉峰還沒打算把這件事承攬下來，但是吳老闆請求得十分懇切，非要歐吉峰幫這個忙不可，還表示說願意給歐吉峰一筆幫忙辦事的費用。這讓歐吉峰的態度有了鬆動，雖然他的生意做得還可以，寶馬七三〇也很拉風，但也僅僅是維持公司的基本營運罷了。如果能藉此弄到一筆錢，對他的公司可是不無少補。

歐吉峰就開始打起自己的小算盤，把主意打在了朱天玲身上，讓朱天玲找她的同學幫忙運作，再狠敲吳老闆一筆。

於是歐吉峰做出一副勉為其難的樣子說：

「你這個老吳啊，好吧，誰叫我們認識一場呢，我就幫你這個忙，不過以後不要再拿類似的事來煩我了。」

吳老闆見歐吉峰答應了下來，就去找顧明麗商量，於是雙方見面，談定了後續的事。朱天玲收下五十萬後，一口答應會幫何飛軍運作市長的事，歐吉峰拿給何飛軍看的紅頭文件也是出自朱天玲之手。

本來歐吉峰以為事情會一帆風順，於是就放開手腳花用起到手的二百多萬。這筆錢到手得快，花得更快，不多久就花去了大半。

歐吉峰心中打算儘快找到下一個願意出錢買官的人，好再收一筆錢來花用。反正北京別的不多，像何飛軍這種絞盡腦汁想要往上升的傢伙遍地都是，這錢賺得太容易了。

但是問題出現了，朱天玲答應他讓何飛軍成為市長的日子到了，卻沒有按期拿來何飛軍的市長任命書。何飛軍那邊像催命鬼似的，一遍又一遍的打電話來詢問事情的進展。歐吉峰去催問朱天玲，朱天玲就以種種的理由推脫，反正就是無法兌現承諾。

歐吉峰感覺朱天玲是在敷衍他，不過他也沒什麼好辦法，這時候他才發現這個錢不是他想像的那麼好賺，但是他已經上了賊船，下不來了，只好跟朱天玲一樣敷衍何飛軍。現在歐吉峰只盼望朱天玲的同學真的是中央的某某人，那樣他還有一絲希望能夠得救。

歐吉峰心中暗自後悔不該貪心再跑來跟何飛軍要這一百萬，就乾笑了一下，說：「老吳，你這傢伙果然夠精明啊，好吧，既然我答應過三百萬幫你們搞定，那還是照我們原來的設定去做吧，項多我搭上點錢給我的朋友買點禮物罷了。」

吳老闆聽了說：「老歐，那你需要多長時間才能把這件事辦好啊？」

歐吉峰尷尬地說：「這個還真是不好說，就是我的朋友也不能壓著東海省的省委書記馬上就辦何副市長的事，不是嘛？」

吳老闆不放過地說：「你的朋友怎樣我管不著，我只想知道你能多長時間辦好這件事？」

歐吉峰皺了一下眉頭，說：「總得兩三個月吧。」

吳老闆不滿地說：「老歐，你可別跟我玩拖延戰術，上次你跟我說的也是兩三個月，結果呢，什麼都沒辦出來。這次你讓我怎麼相信你啊？」

歐吉峰苦笑了一下，說：「老吳，你這就是難為我了，你知道運作事情可不是買件東西那麼簡單，你再怎麼逼我，我也無法確定多少天能給你回覆啊。如果你堅持要這樣的話，恐怕這件事我真的沒辦法幫你了。」

何飛軍在一旁早就心急如焚了，看歐吉峰不但沒有跟吳老闆翻臉，還答

應說不用再花一百萬也會去找他的朋友出面，心中自然喜出望外，就不想再讓吳老闆繼續逼迫歐吉峰，趕忙說道：「行啊，歐總，兩三個月的時間我還有，那就等你的好消息了。」

吳老闆其實也是故作姿態罷了，見何飛軍這麼說，便就坡下驢，笑笑說：「行，老歐，既然何副市長願意等，那我們就等你兩三個月好了，不過這次你可一定要辦好啊。」

歐吉峰暗自鬆了口氣，說：「你們放心好了，我這次一定辦好。」

事情談到這個地步，雙方的氣氛有些尷尬，歐吉峰再留下去也沒什麼意思，就說還有些事要去處理，匆忙告辭離開了。

一離開，歐吉峰馬上就打電話給朱天玲，想催朱天玲把何飛軍的事趕緊給辦了。但是電話打過去的結果卻是對方已經關機，歐吉峰的腦門頓時嗡地一下，覺得事情有些不對勁了。

歐吉峰重新撥了一次朱天玲的手機，結果還是對方已關機。這時候歐吉峰有些慌亂了，大部分錢都被他花掉了，這要全部退回去的話，他一時之間根本拿不出來這麼一大筆錢。

歐吉峰慌忙開車去了朱天玲常年包房的酒店，想在那裏找到朱天玲，但是櫃臺經理說他也在找朱天玲，一直聯繫不上她。朱天玲還欠酒店房費未付，他也想找朱天玲要房費呢。

歐吉峰不禁傻眼，這時他才明白為什麼朱天玲說五十萬就可以買到一個地級市的市長做，原來她根本就是個騙子。

話說歐吉峰當初開出五十萬的價碼時，連自己都不相信朱天玲會答應。他其實還故意把價碼開得低一些，好留有討價還價的餘地。沒想到朱天玲居然想都沒想，一口答應了下來。

歐吉峰並沒有想到這是個騙局，以為是朱天玲的同學太有本事，因此無需花費太多錢就能把事情給辦成，沒想到她是一開始就打算要騙他的錢。

歐吉峰暗自懊悔，可是木已成舟，就是懊悔也沒什麼用，眼下還是趕緊想想要怎麼應付何飛軍和吳老闆吧。

此時，何飛軍和吳老闆正在酒店的餐廳用餐。

何飛軍衝著吳老闆挑了一下大拇指，說：「吳老闆，薑還是老的辣啊，你幾句話就省下來一百萬，真是厲害啊。」

吳老闆笑笑說：「其實也沒什麼，我只不過是看透了歐吉峰的把戲罷了。我想他的同學肯定不會把一百萬放在眼中的，這一百萬八成是歐吉峰編

的。何副市長，你吃虧在不懂商人間的討價還價，其實剛才你可以再等等的，我就會逼著歐吉峰承諾一個月就把事情給辦下來，但是你插嘴說可以再等兩三個月，我就不好說什麼了。」

聽吳老闆這麼一說，何飛軍也覺得他表現的太急躁了，不由得暗自後悔，心說如果自己不那麼急躁的話，也許會提前兩個月成為營北市市長的。不過事已至此，後悔也沒什麼用，只好笑笑說：「看來真是隔行如隔山啊，我不明白其中還有這麼多訣竅。」

東海省，乾宇市。

市委會議室裏，市委書記華靜天正在侃侃而談，市委副書記姚巍山眼簾下垂，似乎在認真聽講，但實際上，他對華靜天的這番言論絲毫不感興趣。

他跟著華靜天做副手也有些時日了，知道華靜天總喜歡講一些華而不實的東西，似乎不講就顯不出他這個市委書記的重要性似的。

姚巍山看上去快要五十的樣子，神情萎靡，有些打不起精神來。實際上他才四十六歲，只是因為這幾年在乾宇市一直不得志，把他憋悶成現在這副蒼老的樣子。

華靜天講了好久才停下來，姚巍山聽得都想打哈欠了。

華靜天講完，市長喬希跟著說：「我補充幾句，華書記講的已經很全面，很詳盡了……」

姚巍山心裏直罵娘，心說：都很詳盡了你還補充個屁啊？這也是喬希的作風，在別人講完話之後，一定要補充幾句，以顯出他的水準。

一開始華靜天對此很不習慣，心說我一個市委書記的講話你有什麼資格補充啊？一度還因為這個想整治喬希，後來發現喬希沒什麼惡意，才打消了整他的念頭。

華靜天政治手腕老道，跟喬希搭班子時，早已達成分割勢力範圍的默契，兩人各自謹守邊界，少有衝突，配合得還算不錯。只是卻把姚巍山放到了一個更加尷尬的位置上，更加被邊緣化了。

乾宇政壇都知道他開罪了孟副省長，很多人見了他都躲著走。華靜天跟喬希的合作，更是把乾宇市的資源分配權都給拿走了，剩下給姚巍山的權力寥寥無幾。一個官員手中沒有權力，在政壇上的影響力也就沒有了。

喬希講了將近二十分鐘才補充完。華靜天掃視了一下在座的官員，說：「大家還有什麼要說的嗎？沒有的話，散會。」

姚巍山明顯感覺到被藐視，他就坐在華靜天的旁邊，但是華靜天對他視而不見，根本就不徵詢他的意見。對此姚巍山雖然氣憤，卻也已經習慣了，他這個市委副書記早就是尸位素餐，比這更嚴重的藐視他也見過。

散會時已經是中午，姚巍山準備回家跟老婆一起吃午飯。就在姚巍山走出會議室之際，他的手機響了，看看號碼是林蘇行的，姚巍山臉上總算露出了笑容。

雖然他是個倒楣鬼，但是秦檜也有三個朋友的，這個林蘇行就是跟姚巍山關係很鐵的一個朋友，任職乾宇市政法委副書記。

姚巍山接了電話，林蘇行問道：「姚副書記，中午有什麼安排嗎？」

姚巍山說：「老林，你還不知道我的情況嗎？雖然我很想跟你說有，但是還真是沒有。要幹什麼趕緊說，別浪費我的時間。」

林蘇行笑說：「別浪費你的時間，這話說的有意思啊，好像你的時間很少一樣。好了，不跟你開玩笑了，出來吃飯吧。」

姚巍山詫異地說：「怎麼，你要請我客？」

林蘇行說：「不是我請，別人請我，你跟我一起去吧。」

姚巍山心酸了一下，他一個堂堂的市委副書記吃頓飯還要跟政法委的副書記沾光，他這個市委副書記做的真是掉價啊。

他就有些不太想去，便說：「老林，還是算了吧，我去說不定會惹人家不高興的。」

林蘇行說：「也不是什麼重要的人，就是一個商人，我剛幫他處理了一段麻煩事，他為了感謝我才請客的。你快點過來，我們一起去。」

姚巍山就去找到林蘇行，兩人一同前往乾宇市最豪華的天泉大酒店，那名請客的商人已經等在那裏了。是個四十歲左右的男子，方臉濃眉，眼神很銳利，看上去是個厲害角色。

盧宜不是一個人，身邊還跟著一個臉有些胖乎乎的四十多歲的男子。

林蘇行介紹說：「姚書記，這位是盧宜盧董，乾宇市興宜商貿總公司的董事長。」

姚巍山聽說過這家公司，這是一家在乾宇市頗有規模的公司，生意做得很不錯。

林蘇行又介紹了姚巍山的身分，姚巍山立即跟盧宜握了握手，說：「幸會盧董。」

盧宜笑笑說：「幸會了姚副書記。來，我給你們介紹這位朋友，李衛高大師，專門研究易學的，在易學上造詣很深。林副書記，您知道嗎，大師早就推算出我這次得您貴人相助，事情一定會順利解決的。」

林蘇行聽了，開玩笑的說：「是嗎，那回頭是不是讓大師幫我算一下，看我能不能再往上走一步？」

李衛高用他的小眼睛上下打量了一下林蘇行，笑了笑說：「我看林書記應該能往上走一步，甚至可能不止一步啊。」

林蘇行高興地說：「真會說話，難怪會成為大師。」說著，手指向姚巍山，笑說：「那你看看他，我們的姚副書記能不能再往上走一步？」

林蘇行是玩笑的意味居多，他並不相信李衛高下的斷語，覺得不過是幾句奉承話而已。他之所以這麼問，只是想看看李衛高怎麼來奉承姚巍山這個公認的倒楣鬼。

姚巍山馬上就明白了林蘇行的意思，趕忙說：「老林，開玩笑也要適可而止的。」

李衛高卻說：「姚副書記還真是宅心仁厚啊，懂得尊重別人，就衝這一點，我相信姚副書記未來的前途一定是一片光明。」

姚巍山心說我現在黑得不能再黑了，還談什麼前途光明啊，看來這個李衛高也是個招搖撞騙的傢伙。便說：「大師，你可能不知道我目前在乾宇市的處境，如果你知道的話，就不會說我前途光明了。」

李衛高笑了起來，說：「姚副書記這是不相信我的判斷了，雖然我不知道你究竟做過些什麼，但是從你的面相上看，你這段日子確實過得有些艱難。不過這只是暫時的現象，並不意味著永久。相信我，你的運勢很快就會改變了。」

姚巍山不置可否地笑了笑，沒有言語。

盧宜這時邀請眾人入席，坐定後，李衛高繼續原來關於姚巍山的話題，說：「可能姚副書記目前的狀況讓大家覺得我剛才對他的斷語是錯誤的，但是錯的是你們，就我看姚副書記面相上呈現出來的，是一個守得雲開見月明的格局；而且你們發現沒有，他印堂上的黑氣在快速的褪去，如果我判斷得不錯的話，姚副書記的好運馬上就要來了。」

姚巍山依舊不相信，尷尬地說：「好了，大師，關於我的話題是不是就談到這裏了？今天是盧董請老林的客，你這麼大談特談我，是不是有點不合時宜啊？」

李衛高笑了起來，說：「是有點偏離主題了，不過姚副書記，你一定要

相信我，我說的都是對的，回頭你就會印證的。」

林蘇行在一旁打趣說：「大師，你口口聲聲會印證，怎麼印證啊？」

李衛高說：「要印證很簡單，據我看，一個月之內，姚副書記將會面臨一場大的變局，林副書記要不要跟我賭上一把？」

「我是希望姚副書記真能面臨一場大的變局，他是個能力很強的人，就這樣窩在乾宇市，我都替他不甘心。不過我實在看不出來你所說的變局在什麼地方。」林蘇行滿心疑惑地說。

李衛高很有自信的說：「你要是知道，那你豈不也成了大師了?!好了，你究竟願不願意跟我打這個賭？」

林蘇行笑說：「賭，當然賭，只是不知道你想跟我賭什麼？」

李衛高說：「只是遊戲一場，也不需要賭的太重，就賭一場東道好了。誰輸了，誰就出錢請今天在座的幾位出來喝酒。」

林蘇行爽快地說：「行，我就跟你賭這場東道，只是到時候你可別賴賬啊。」

盧宜在一旁說：「我可以幫大師擔保，大師絕對不是個賴賬的人。」

李衛高笑說：「林副書記，我跟你說我輸不了的，你注意到沒有，就這一會兒功夫，姚副書記印堂上的灰暗少了更多了。」

林蘇行聽了，自嘲說：「大師，你要原諒我，我是肉眼凡胎，看不出你說的變化。」

李衛高說：「那是你不習慣往細微處去觀察的緣故。現在我要恭喜姚副書記，看你身上的晦氣消散得這麼快，估計這場變動不需要一個月，半個月可能就差不多了。」

姚巍山不禁說道：「大師，你還是不要定日子的比較好，省得到時候兌現不了，砸了自己的招牌。」

李衛高說：「這就不需要姚副書記為我擔心了，我既然敢誇這個海口，就是對自己有信心。」

姚巍山狐疑地說：「你光看我這個模樣，就能判斷出我最近有大的變動，這也太玄了點吧？」

李衛高有些高深莫測地說：「一點也不玄，這就是所謂的望氣之學，這門功夫其實古已有之，歷史淵源很深。三位都讀過《史記》吧？」

三個人都點了點頭，李衛高接著說道：「《史記》高祖本紀中有這麼一段記載，秦始皇帝常曰東南有天子氣，於是因東遊以厭之。高祖即自疑，亡匿，隱於芒、碭山澤岩石之間。呂后與人俱求，常得之。高祖怪問之。呂后曰：『季所居上常有雲氣，故從往常得季。』高祖心喜。沛中子弟或聞之，多欲附者矣。」

李衛高講的這段內容，是說劉邦身上有王者之氣，不但秦始皇嬴政感覺到了，呂后也發現了。

李衛高說：「你們看到了沒有，皇帝身上的王者之氣是很明顯的，連他的老婆也會發現。當然了，姚副書記身上沒有那種像劉邦一樣強悍的王者之氣，他的氣相較之下虛弱了很多，一般人是很難注意到的。而我是專門修煉過這一法門的，因此我會注意到姚副書記身上的氣息變化。現在我看到姚副書記身上的氣明顯亮了很多，其實這個望氣之術是有科學依據的，不是有人體的熱輻射成像嗎？那其實就是人的氣感成像。」

叫李衛高這麼一說，就連姚巍山也有些半信半疑了，他看了看李衛高說：「大師，難道說我真的轉運了？」

李衛高笑笑說：「是的，其實人世間有著很多不變的規律，比方說物極必反，其實你也憋屈了好幾年，該到揚眉吐氣的時候了。」

姚巍山說：「那大師覺得我未來可能的發展方向是朝什麼地方呢？」

李衛高說：「方向很明確，你可能會轉到務實的部門去工作，這樣吧，如果你信任我的話，我給你排一個風水局，可以保你有十年的順遂。」

姚巍山搖搖頭說：「還是不要了，我並不相信這些。」

雖然李衛高說的有模有樣，他卻並不真的相信這些，史記上關於劉邦的那段記載，早有學者說那不過是為了證明君權神授而編造出來的，並沒有真實依據；再說，風水這種東西是迷信，並不適合他官員的身分。

李衛高說：「現在我下的斷語還沒應驗，所以你不相信我也很正常。行，等回頭我說的斷語應驗了，我們再來談風水局的事情吧。」

這一餐姚巍山吃得很高興，雖然李衛高的預言並不一定會兌現，但是總是好事，就是聽聽也讓姚巍山感到振奮不已，不免多喝了幾杯。酒宴結束時，他已經有點微醺了，走出雅座的時候，腳步有點打晃，小臉也喝得通紅。

好死不死的正碰到市委書記華靜天帶著一堆人前呼後擁地從另外一個雅座裏走了出來。

姚巍山看到華靜天，打招呼說：「華書記，您也來喝酒啊？」

華靜天不悅的瞪了姚巍山一眼，說：「什麼叫做我也來喝酒，我是來談工作的。老姚啊，不是我說你，市裏不是有禁酒令嗎？你怎麼還喝得這麼醉醺醺的，你這個樣子，簡直是敗壞我們乾宇市幹部的形象。」

要換在以往，華靜天這麼斥責他，姚巍山是不會去反駁的，一來華靜天是他的上司，他這個下級應該尊重上司；二來他沒有實力跟華靜天抗衡。

但今天情形有點不同，姚巍山本來就喝多了，自制力變弱，加上李衛高說的那番話激起了他心中的不平之氣，論資歷，他比華靜天還老；論能力，他自認為比華靜天只上不下，要不是因為得罪了孟副省長，這個乾宇市的市委書記不一定就輪到他華靜天來做，華靜天有什麼資格在他面前指手劃腳的啊？

姚巍山便說：「華書記，你不用給我扣大帽子，喝幾杯酒敗壞不了乾宇市的幹部形象的；真正敗壞幹部形象的，是那些在臺上人五人六的人吧？就是那些人表面上道貌岸然，實際上什麼壞事都幹得出來，所以才敗壞了我們幹部隊伍的形象。」

華靜天聽出姚巍山是在影射他，臉色頓時陰沉下來，看著姚巍山說：「你說話可得有根據，別喝點酒就瞎說八道。」

姚巍山鼓足勇氣說：「華書記，我姚巍山這幾年是倒楣，什麼好事都沒我的份；但是我的眼睛沒瞎，您和喬希做了什麼，我可都看在眼中。瞎沒瞎說，你心裏很清楚吧？」

華靜天越發的惱火，瞪著姚巍山說：「姚巍山，你想幹什麼？你這是血口噴人你知道嗎？難道你就不怕我向上面反映嗎？」

姚巍山笑了起來，說：「我怕什麼，您就是跟組織部門反映，對我來說還會比現在差嗎？我也沒想幹什麼，就是看不慣您這個假惺惺的樣子。您當我不知道您是什麼料子啊，裝什麼啊？」

「你……」華靜天氣得說不下去了。

不過也是，就是他向上級反映，姚巍山的境況已經沉到谷底了，也不會比現在還差，還真拿他沒招。

華靜天只好轉頭瞪著林蘇行叫道：「林蘇行，你看什麼熱鬧啊？」

林蘇行嚇得一哆嗦，趕忙陪笑說：「華書記，對不起啊，我沒想到姚副書記喝這麼多。」

華靜天叫道：「你知道他喝多了，還不趕緊把他弄回家，讓他在這裏耍酒瘋到什麼時候啊！」

林蘇行說：「行行，我馬上就拉他走。」

林蘇行就趕忙去拉姚巍山，姚巍山卻撥開林蘇行的手，叫說：「你不用怕他，別看他跟正人君子似的，實際上男盜女娼，他跟機要室的打字員小張……」

林蘇行看姚巍山要說出更加不堪的話來，趕忙用手堵住了姚巍山的嘴，盧宜和李衛高也趕來，三人一起將姚巍山連拖帶拉的拉走了。姚巍山嘴裏還嘟嘟囔囔的不知道在叫罵些什麼，而華靜天的臉早就鐵青了。

姚巍山被林蘇行三人拖出酒店塞進了車裏，這時他的酒勁全部上來，靠在椅背上就睡了過去。

林蘇行很不高興的對李衛高說：「都是因為你，要不是你信口雌黃跟他說那些話，他會那樣去羞辱華靜天嗎？這下好了，華靜天一定恨死他了，今後還不知道怎麼整他呢。」

李衛高卻笑說：「姚副書記這下是真的好了，剛才他罵華靜天的一番話，吐盡了心中塊壘，去掉了身上的最後一點晦氣，心氣徹底順了起來，揚眉吐氣的日子馬上就要來了。」

林蘇行苦笑說：「揚眉吐氣？有華靜天在乾宇市做書記，恐怕他這輩子是不用想揚眉吐氣了。唉，你說我沒事幹什麼不好，怎麼非拖著他出來喝酒呢？這下倒楣了，華靜天拿他沒辦法，拿我可是有一堆辦法的。」

李衛高說：「你不用擔心，華靜天很快就管不到姚副書記了。至於您，也很好辦，讓姚副書記帶你走就是了。」

林蘇行斥說：「你真是癡人說夢，你以為組織部門是你家開的啊，由著你隨便的調動？」

李衛高笑說：「組織部門當然不是我家開的，不過你等著看吧，我說的話很快就會兌現的。」

林蘇行瞅了李衛高一眼，心存懷疑地說：「行啊，我也希望你的話能兌現，不過如果兌現不了，別說我去砸你的招牌啊。」

李衛高很有自信地說：「隨時恭候，不過砸我招牌是沒機會了，倒是有機會做東請客的。」

三人把姚巍山給送回家，姚巍山的妻子季琪看到姚巍山喝醉了，一邊把姚巍山接過去放在床上躺下，一邊埋怨林蘇行說：「老林，你讓他喝這麼多幹嘛啊？你不知道他這幾年心氣一直不順嗎？你這不是給他找罪受嗎？」

姚巍山這時不知道怎麼醒了過來，嘿嘿笑了一下，說：「誰說我心氣不順了，老婆，我今天特別高興，你知道嗎？你剛才沒看到我教訓華靜天，把華靜天訓得一聲都說不出來。」

季琪的臉色變了，說：「老姚，你怎麼吃一百次虧也不覺悟呢？你去跟華靜天較個什麼勁啊？人家可是市委書記，有的是辦法整你，唉，你還嫌現在不夠倒楣嗎？」

姚巍山硬氣地說：「他能把我怎麼樣？他敢把我怎麼樣啊？」

季琪說：「他是不能把你怎麼樣，不過我和你兒子還要在乾宇市生活，難道你想讓我們跟你一樣倒楣嗎？」

季琪說著，忍不住抽噎的哭了起來。這幾年她因為姚巍山的緣故，看盡了冷眼，心中憋著很大的委屈。

林蘇行和盧宜李衛高三人只好趕忙勸解季琪，而姚巍山這時鼾聲大起，又睡了過去。

季琪真是又好氣又好笑，對林蘇行說：「行了老林，我沒事了，你們先回去吧，謝謝你們送他回來。」

第五章

合縱連橫

傳華想到合縱連橫之策，照他的想法，
馮玉清會借孟副省長的勢力來跟鄧子峰抗衡。
而姚巍山跟孟副省長有很深的淵源，
肯定是孟副省長向馮玉清推薦的，
否則馮玉清絕不會在這個關口，啟用孟副省長的對頭。

林蘇行三人就離開了，季琪把姚巍山身上的衣服給脫了下來，讓丈夫睡得更舒服些。

姚巍山睡了一會兒，不知道做了一個什麼夢，睡夢中冷哼了一聲，然後牙齒咬得咯咯響。

季琪在一旁看了，不禁暗自搖頭，丈夫自從得罪了孟副省長後，在政壇上就備受擠兌，同僚也開始疏遠他，他雖然還是乾宇市的市委副書記，但是已經被排斥在核心權力圈子之外了。這對少年得志的丈夫來說，不能不說是一個沉重的打擊。

第二天起床，姚巍山把昨晚喝多了罵華靜天的事給忘得一乾二淨，上班看到華靜天，照常跟華靜天打招呼，華靜天冷哼了一聲，昂著頭就從他的面前走過去。

姚巍山這時才隱隱約約想起昨晚喝多後似乎有見過華靜天，不過昨晚究竟發生過什麼事，姚巍山腦海裏卻是一點也想不起來。

姚巍山就打電話給林蘇行，林蘇行很快接了電話，說：「我的姚副書記，你酒醒了吧？」

姚巍山說：「醒了，誒，老林啊，我昨天是不是跟華靜天發生過什麼事，怎麼今早華靜天見到我一副氣哼哼的樣子。」

林蘇行苦笑著說：「氣哼哼還是好的，你忘記你昨天跟他說過什麼嗎？你幾乎是在指著他的鼻子罵他。」

姚巍山卻沒把這太當回事，神色如常地說：「有嗎？難怪華靜天看到我，臉色那麼難看。」

林蘇行訴苦說：「我的姚副書記啊，我知道你不怕華靜天，但是我怕啊，昨晚你真是害慘我了，華靜天的怒氣都衝著我來了。」

姚巍山這時候腦海裏已經漸漸回想起昨天發生的事了，安慰林蘇行說：「老林，你不用擔心華靜天給你小鞋穿，他不敢。」

林蘇行苦著臉說：「你怎麼能確定他不敢啊？難道說他要給我小鞋穿還會先請示你嗎？」

姚巍山心中默然，抱歉地說：「老林，對不起啊，我也不想讓你受到牽連的。」

林蘇行笑了笑說：「別這麼見外了，說什麼對不起啊，乾宇市誰不知道我跟你是朋友，就算沒這件事，華靜天也不會讓好事輪到我頭上的。」

困境中還不捨棄你的朋友，才是真正的朋友，林蘇行對姚巍山就是這樣一個朋友。

兩人又聊了幾句，就結束了通話。

他剛放下電話，就有人打了進來，居然是家中的號碼，他接通了，說：「老婆，什麼事啊？」

季琪說：「家裏來人找你，你回來一趟吧。」

姚巍山愣了一下，說：「誰啊？」

季琪說：「我也不認識，他只說是來自海川市。」

姚巍山納悶地說：「我不記得在海川還認識什麼人啊？」

季琪說：「他說他叫郭家國，曾經跟你一起開過會。」

姚巍山努力地思考了一下，說：「對，是有這麼一個人，我記得那時候他是海川市下面一個縣的縣長，現在也不知道升沒升。好吧，你跟他說我一會兒就回去。」

姚巍山回了家，進門就看到一個四十多歲的男人坐在沙發上，他快步上前，笑著說：「老郭，你這個模樣真是一點都沒變啊。」

郭家國站起來跟姚巍山握了握手，笑說：「難得姚書記還記得我啊。」

姚巍山笑笑說：「我對你的印象可是很深刻，當年省裏開會的時候，我們倆住在一起，相處得很愉快。一晃這又過去好幾年了，怎麼樣，你現在有沒有往上走一走啊？」

郭家國靦腆地說：「說來慚愧，這些年我一直沒動窩，還是定策縣的縣長。」

姚巍山安慰說：「你別慚愧，我不也是一樣嗎？彼此彼此啊。」

郭家國笑說：「我哪能跟您比啊。」

姚巍山說：「話不能這麼說，雖然說我是市委副書記，比你高上那麼一級，但是你是正職的縣長，可以比我有作為。我的情況估計你已經聽說了，我窩在這個市委書記的位置上，大概得一直熬到退休啦。」

郭家國說：「不可能的，就您這能力一定會往上走的。」

姚巍山笑了起來，說：「現在官場上誰還跟你論能力啊？唉，不說這些了，你這次來乾宇市幹什麼啊，需要我幫什麼忙嗎？」

按照姚巍山的猜想，郭家國跑來，絕非是來看他這麼單純，肯定是需要他這個市委副書記解決什麼問題才來的。

沒想到郭家國說：「我也沒什麼特別的事，就是想過來跟您聊聊，有些工作上的問題想跟您求教一下。」

姚巍山失笑說：「求教我什麼啊？你沒看到我現在這個窘困的樣子，難道你想跟我一樣嗎？」

郭家國說：「那只是一時之困，很快您就會掙脫出來。我記得當時我們閒聊，您很多的想法都很新穎很前衛。現在我想把我在定策縣工作上的情形跟你做個彙報，看看您能不能幫我指正一下。」

姚巍山詫異的看著郭家國說：「你我並無上下級的關係，說彙報就有些過分了。誒，不對啊……」

說到這裏，姚巍山停了一下，一下子想到了什麼。

他跟郭家國認識不假，但是這幾年一直沒聯繫，無緣無故的郭家國突然找上門來，非要跟他做什麼彙報，難道這傢伙得到了什麼關於他的情報了？姚巍山看著郭家國說：「老郭啊，你跟我說句實話，你究竟是為什麼而來？不要跟我扯什麼彙報指正之類的廢話，說點實際的。」

郭家國看著姚巍山，笑了笑說：「既然您問我，那我就實話實說了，難道您還不知道您要出任海川市的市長了嗎？」

海川市市長？姚巍山聽到消息，第一個反應就是不信，立即說：「老郭啊，你大老遠跑來，不會就是因為這個吧？你被人給騙了。」

郭家國說：「原來您還真是不知道啊，我沒有被騙，而是您真的即將出任海川市的市長。這個消息是從東海省組織部傳出來的，據說是東海省的省委書記馮玉清親自點的將。」

姚巍山心說奇怪了，我跟這個馮玉清沒有任何交情，她怎麼會親自點我的將呢？詫異地問道：「這是真的嗎？這消息可靠嗎？」

郭家國笑說：「當然是真的了，我騙你幹什麼。據說這次鄧省長也贊成由你出任海川市的市長，省委書記和省長都支持您，所以您的新任命將會很快在常委會上通過的。」

姚巍山愣了半晌沒說話，幸福來得有點太快，讓他有點眩暈的感覺。海川不論是經濟總量還是人口數，都比乾宇市大得多，兩個市的市長分量相比是不可同日而語的。

姚巍山有些不相信這種幸運會輪到他身上，這時他想起來李衛高昨天下的斷語，說他會守得雲開見月明，現在果然應驗了！

難道冥冥中真的有神靈存在？這個李衛高還真是有些邪門啊，他怎麼能提前知道他即將走出困境，出任海川市的市長呢？難道世界上真的有什麼望氣之術嗎？

姚巍山努力地去壓抑自己激動的心情，他不想讓郭家國覺得他很淺薄。但這份心情越是想要去壓抑，越是難以壓抑，搞得他都有點不太敢講話，擔心一開口他的聲音會顯得顫抖。他有些後悔當時沒有接受李衛高的建議，布下那個風水局，保他十年的順遂。

北京，海川大廈，傅華辦公室。

傅華正在跟曲煒通電話。曲煒說：「傅華，姚巍山這個人你認識嗎？」

除了海川之外，傅華其實對東海省的官員瞭解並不多，便說：「不認識，您為什麼要問我認不認識他啊？」

曲煒說：「因為他即將成為海川市的市長。」

傅華聽了說：「原來是這樣啊，誒，這傢伙什麼背景啊？」

曲煒回說：「這傢伙的背景有點複雜，他曾經是孟副省長的得意門生，孟副省長一手將他提拔到乾宇市的市委副書記位置上。但也許是這傢伙太過春風得意了，跟孟副省長有了衝突，開罪了孟副省長，因此他的好運就到頭了，孟副省長把他打入了另冊，他也因此窩在市委書記的位置上好幾年都沒動彈。」

傅華開玩笑說：「原來跟孟副省長是對頭啊，那這個人應該還可以。」

曲煒笑了起來，說：「傅華，你不要把問題簡單化了，好像壞人的對頭就一定是好人，這可不是一加一等於二那樣簡單。你想想，姚巍山能那麼得孟副省長賞識，如果不是跟孟副省長某些方面臭味相投，可能嗎？」

傅華聽了說：「這倒是啊，看來不能小看這個姚巍山了。」

曲煒又說：「還有一件事，你知道這次向馮書記推薦姚巍山的人是誰嗎？」

傅華想到他給馮玉清出的合縱連橫之策，按照他的想法，馮玉清會借用孟副省長的勢力來跟鄧子峰抗衡。而這個姚巍山既然跟孟副省長有很深的淵源，肯定是孟副省長向馮玉清推薦的，否則馮玉清絕不會在這個要結好孟副省長的關口，啟用孟副省長的對頭。

傅華笑了一下，說：「如果我猜得沒錯的話，應該是孟副省長向馮書記推薦這傢伙的。」

曲煒詫異地說：「你怎麼知道是孟副省長推薦的？」

傅華說：「馮書記剛到東海省，對東海省的官員還不熟悉，想要找出像姚巍山這樣子不得志的官員可不是件容易的事，除非是某個熟悉姚巍山的人向馮書記推薦了他，而最近馮書記跟孟副省長走得又很近。」

曲煒不禁讚道：「你的邏輯分析能力還是那麼好啊，被你說中了，正是孟副省長向馮書記推薦他的。」

傅華說：「看來姚巍山跟孟副省長的關係還真是十分的複雜啊。」

曲煒有些擔憂地說：「我也這麼認為，我其實是不贊同啟用這個人做海川市市長的，能力強的人如果作起惡來，破壞力會更大。但是現在馮書記非要啟用他不可，所以你要多小心他，這可是一個憋屈了很久的人，誰也難以預料他會在海川市怎麼做。」

傅華笑說：「通常憋屈很久的人重新站起來的話，會有兩種反應，一是因為受了太多的憋屈和打擊，整個人變得保守起來，再做什麼都會謹小慎微。」

曲煒說：「據我看，這個姚巍山怎麼都不會是個謹小慎微的人。」

傅華接著說：「那就會是另外一種情形了，失去過才知道擁有的幸福，他憋屈了這麼久，一定知道權力的重要性，可能會變得更加熱衷於權力，同時為了急於證明自己，他的行為也會變得更加激進。如果是這樣子的話，那可有孫守義受得了。」

曲煒聽了說：「孫守義也不是個軟弱的人，未來海川市必將有一場龍爭虎鬥了，你早點做好心理準備吧。好了，我還有事，就跟你聊到這裏吧。」曲煒就掛了電話。

傅華並沒有太把姚巍山要來海川做市長當回事，孫守義和姚巍山誰輸誰贏他都無所謂，他也不想摻和進去，只要這兩個人不來惹他，他也不會主動去招惹他們。

此時，傅華的手機響了起來，當看到顯示的號碼是喬玉甄的時候，傅華的心抽緊了，這些日子他一直在等她打電話過來，現在電話終於打來了，他卻有些不敢接了，他很擔心電話那邊不是喬玉甄。

傅華遲疑著接通了電話，說：「小喬，是你嗎？」

喬玉甄笑說：「不是我還會是誰啊？」

傅華聽出喬玉甄的聲音有些疲憊，顯然這段時間她遭受不少折磨，便說：「因為這段時間都聯繫不上你，所以我很擔心。你什麼時候被放出來的？」

喬玉甄說：「就是剛才，他一讓我離開，我就給你打電話了。誒，你有時間嗎？我很想看看你。」

傅華說：「我有時間，我也很想見你，你在哪裏？」

喬玉甄說：「我在家，你過來吧，我等你。」

傅華匆忙去了喬玉甄的家中，喬玉甄給他開了門，傅華上下打量了一下喬玉甄，發現喬玉甄消瘦了很多，變成了一個骨感美人。

喬玉甄自嘲的說：「你不用看我，我知道我瘦了很多，我也算賺到了，托那傢伙的福，平常我想減都減不下來的贅肉這次終於減掉了。」

說著，喬玉珍張開雙臂，把傅華緊緊地抱進了懷裏。

喬玉甄身上穿著很薄的衣服，傅華感受她體熱的同時，也感受得到喬玉甄的身子在微微顫抖，想來這場劫難帶給喬玉甄的恐懼還沒有完全消退。

傅華笑笑說：「小喬，我們是不是先進屋啊，門口人來人往的，我們這麼抱著多尷尬啊？」

「膽小鬼，我還以為經過這次的事情，你能變得膽大一些了呢。」一邊說邊把傅華讓進了屋裏。

傅華忍不住問喬玉甄道：「小喬，他折磨你了吧？」

喬玉甄搖搖頭說：「這倒沒有，他雖然限制我的人身自由，但是對我還算客氣，並沒有怎麼折磨我。不過精神上的壓力卻很大，我一直擔心他會狠下心來殺我滅口。」

傅華納悶的說：「小喬，你不是一直都跟這個傢伙合作得挺好的嗎？他怎麼突然就翻臉了呢？」

喬玉甄嘆說：「這個責任在我，是我高估了自己在他心中的地位，以為他不會對我怎麼樣，誰知道在他心中還是錢最重要。」

傅華看了看喬玉甄，不解地說：「這是什麼意思啊，難道你要拿他一大筆錢？」

喬玉甄點點頭說：「對，我已經厭倦幫他做事了，想找個機會收手，這次我想把出售修山置業所賺到的錢都拿走，然後退出。一開始他不肯，我就說手上有一份這些年他跟我合作的證據，如果他不放我離開，我的朋友會公開這些。」

這次修山置業溢價兩億多賣給中儲運東海分公司，也就是說，修山置業最少賺了兩億，喬玉甄居然想全都拿走，真是有夠貪心的。

傅華不禁搖頭說：「小喬，你這次有點玩得過火了，你要這麼多錢幹什麼啊？」

喬玉甄不以為然地說：「你不知道女人都是貪婪的嗎？再說，你不要覺得我拿的很多，比起那傢伙來，我可是小巫見大巫，我拿的這些僅僅是這些年我給他賺的零頭而已。」

傅華不解地說：「據我猜測，這個傢伙肯定是某個關鍵部門的核心人物，按說他應該要什麼有什麼，一呼百應的，他怎麼還不知足，搞出這麼多事情幹嘛啊？」

喬玉甄說：「這我倒是能夠理解，他所在的部門和所做的工作其實危機四伏，高度敏感，一個處理不當，後果就不堪設想，所以他們很沒有安全感，總想撈到點什麼在手中。」

傅華大嘆說：「那也撈得太狠了，這些錢估計他幾輩子都花不完啊。」

喬玉甄說：「人心的貪婪是無止境的。」

傅華忍不住好奇地問：「小喬，這傢伙究竟是什麼人啊，你又是怎麼跟他認識的？」

喬玉甄警戒地說：「傅華，你別去探這個人的底，太危險，不值得的。這次我被關時也想了很多，人啊，很多時候平淡一些也不錯，起碼不用那麼提心吊膽的。至於我是怎麼跟他結識的，這我倒是可以告訴你，當年他在香港工作，是他招募我，我主要負責向他彙報一些香港穿梭內地做生意的人的動態。」

「你做過特務？」傅華驚訝的說。

喬玉甄笑說：「你別一驚一乍的好不好，我做的事不像你想像的那麼複雜，也就是瞭解社會動態罷了。後來他從香港調回北京，我也就跟著他到北京來發展，後來的事你大致應該猜得到了。」

傅華可以想像得到，喬玉甄一定是跟這個人在香港工作時發展出超友誼的關係，所以這人才會將她帶回北京。

喬玉甄是個善於抓住機會的女人，一個為生計奔波的漂亮女子遇到一個有權有勢的特別部門的高官，自然而然就會發生一些什麼，很可能是她主動引誘那個人上床的。而那個人曾經說過喬玉甄善於媚功，所以他才會深陷她的媚力之中，這麼幫喬玉甄。

傅華說：「那你下一步打算怎麼辦？」

喬玉甄苦笑了一下，說：「不是我打算，而是下一步那傢伙已經幫我打算好了，他要我儘快離開回香港，說他不想再看到我，否則就會對我不客氣了。」

傅華大驚說：「這麼說你馬上就要離開了？」

喬玉甄點點頭說：「是的，見過你這一面後，我就會回香港。傅華，你知道嗎，這次實際上是你救了我，原本他不準備讓我還有機會活著離開的，但是他說被你說服了，才會決定不對我採取那麼極端的行動。」

喬玉甄的聰明之處，就是把傅華給攪進了這個局中，那個人如果想要殺掉喬玉甄，恐怕也不得不殺掉傅華。傅華本身倒是沒什麼，一個小小的駐京辦主任，沒什麼社會影響力，但是傅華身後又是鄭家，又是馮家的，這些家族如果出面調查傅華出了什麼事，那個人恐怕也很難交代。

因此傅華說：「救你的人並不是我，而是我身後的社會關係，我猜想那個人很可能是擔心動了我的話，會惹出一批人來調查，那樣就算是他再有本事，也很難善了的。」

喬玉甄感激地說：「不管怎麼說，都是與你有關，謝謝你了傅華。」

傅華笑說：「我們是朋友，不需要這麼客氣的。」

喬玉甄看著傅華，說：「你還肯當我是朋友嗎？」

傅華有些動情地說：「其實我們本應該是兩個截然不同世界的人才對的，但是當你真正有事的時候，我還是會忍不住關心你。」

喬玉甄甜甜地笑說：「我就說你喜歡我嘛，其實你說的不錯，我們應該是兩個不同世界的人才對，我這個人貪財，想要不擇手段的成功，根本就不重視什麼規則，甚至覺得規則對我來說是一種束縛。」

傅華點點頭說：「這話不假，如果你是遵守規則的人，根本就沒有機會獲得這麼多的財富了。」

喬玉甄感嘆說：「是啊，不過我這也是順應了這邊的潮流罷了。那個人跟我說，在這邊做生意，如果什麼都守規則的話，只有死路一條，你看看現在顯赫的那些企業，有多少在背後做著骯髒的勾當?!」

喬玉甄接著說道：「而你呢，偏偏做什麼都講規則，跟我和這個社會格格不入。但是喜歡一個人是沒什麼理由的，我也很討厭你在某些方面的刻板和原則性，卻偏偏難以控制的被你吸引。」

傅華聽了，笑說：「我也是，我也很厭惡你做的那些事，但偏偏你有什麼事我就不自覺的想要去關心你。這可能就是一種緣分。」

喬玉甄說：「是啊，我們之間也許只能用緣分來解釋了，來，傅華，抱我一下吧，今天過後，我們再想見面可就很難了。」

傅華遲疑了一下，覺得這麼做有些不太好。

喬玉甄見了說：「誒，我們明天可能就再見不到了，你能不能暫時放下你的什麼狗屁原則啊，當一回忠於自己內心的真男人，抱我一下，我又不能吃了你？」

傅華這才伸開雙臂將喬玉甄抱進懷裏，雖然抱著喬玉甄，不過他的身體相當僵硬，不敢跟喬玉甄貼緊。

喬玉甄不禁搖頭說：「傅華，你能不能表現的像個男人啊？給你喜歡的女人一點溫暖就這麼難嗎？我命令你抱緊我。快點！」

傅華這才抱緊了喬玉甄。

當兩人身體完全貼合在一起的時候，可以感受到相互的體溫，這時候傅華竟發現他的身體不由自主的發生了生理變化，他趕緊克制住自己，一邊鬆開抱在懷中的喬玉甄，想要遠離喬玉甄給他的誘惑。

「你這個壞蛋！」喬玉甄感受到傅華的生理反應，一把將傅華給推倒在沙發上，然後撲了上來。

傅華想要推開喬玉甄，卻發現她的力量很大，反而被喬玉甄的身體壓得更緊了。

喬玉甄用香舌舔著傅華的耳朵，嬌喘吁吁的說：「傅華，忘了那些規則吧，讓我們徹底的放開一次，然後忘掉彼此。」

傅華本來就已經遊走在懸崖的邊緣，此刻軟玉溫香的美人在抱，這個美人還在用最親暱的舉動挑動著他敏感的神經，他終於動搖了，再也難以控制住自己，便抱住喬玉甄開始回吻她。

喬玉甄看傅華對她的熱情有了回報，不由得欣喜若狂，香舌探進傅華的嘴裏，輕易的將傅華的舌頭據為己有。接著，他們的身體緊密的貼合在一起，相互磨蹭著，很快他們就去除掉了多餘的衣物，完完全全地將自己交給了對方……

傅華深刻感受到喬玉甄與其他女人的不同，他的身體被緊緊的包裹著，似乎有一股吸力在不停的吸取著，這是他經歷過的別的女人從未有過的一種感受，讓他的身體不受大腦控制的衝擊著，直至精疲力竭……

當一切都停歇下來後，傅華看著喬玉甄白皙美麗的身體，心中卻十分的空虛，他深自懊悔，怎麼可以跟喬玉甄超越界線做這種事呢？而且還是那麼的愉悅?!

喬玉甄似乎明白傅華在想什麼，用手指在傅華的嘴唇上滑動了一下，說：「什麼都不要說，什麼都不要想，你要記住的是，我們什麼都沒做過；從這一刻起，我們已經彼此不相識，我們僅僅是兩個偶然相遇的路人。你明白嗎？」

「可是……」傅華看了看喬玉甄，他的身上還帶著她的氣息，怎麼能說他們是路人呢？

喬玉甄搖搖頭，用手指按住了他的嘴唇，淒美的笑了笑說：「沒有可是，你該離開了。」

傅華在這時不得不再次的感嘆這個女人的決絕，他自問無法做到這一點，但是他也不得不接受這樣一個結果，他無法給喬玉甄更好的，倒不如這樣慧劍斬情絲，一了百了。

從喬玉甄家中出來，傅華上了車，發動車子就要離開，雖然他心中有些不捨，但是正所謂相見不如懷念，他們在最美好的時刻分手，留下的都是最美好的回憶，這對他和喬玉甄來說，算是一個不錯的結果。

這時，傅華的手機響了起來，是一個沒有顯示號碼的來電，傅華隱約覺得可能是禁錮喬玉甄的那個人打來的，遲疑了一下接通了。

對方開口便說道：「怎麼樣，喬玉甄讓你爽了吧？」

傅華愣了一下，說：「你在跟蹤我？」

對方笑了笑說：「是啊，不行嗎？」

傅華氣憤地說：「行，怎麼不行！我知道你有這麼做的權力，但是我要提醒你，這權力是國家賦予你的，任意濫用是嚴重的不負責任，總有一天你會自食惡果的。」

對方聽了說：「你還挺有正義感的嘛，不過你想過沒有，我這樣的人為什麼會存在?!有時候這世界不僅僅需要正義的人，也需要像我這樣肯幹髒活的人，就像不管世界文明程度多高，卻總是有好人和壞人的存在一樣。好了，不跟你瞎扯了，現在喬玉甄我已經放她出去了，還是那句話，希望你對我們之間的事不要對外洩露一個字，否則的話，我會對你不客氣的。」

對方說完就掛了電話。

傅華苦笑了一下，他不得不承認，這世界確實像那傢伙所說的那樣，有陽光面也有陰暗面，就像有黑夜白天一樣，缺一不可，也不是他能阻止的。

第六章

江湖騙子

姚巍山有點不悅的說：
「什麼招搖撞騙啊，別瞎說，人家可是大師。」
林蘇行笑說：「什麼狗屁大師啊，
他不是說你馬上就要轉運了嗎？都過去幾天啦，
您有絲毫的改變嗎？他根本就是個江湖騙子。」

乾宇市，市委副書記辦公室。

姚巍山坐在辦公桌後面心不在焉的翻看著公文，他的心思一點都不在公文上。

人就是這樣，當你沒什麼希望的時候，就會死心認命，不會去做什麼非分之想；但是一旦某個人給了你希望，而且這個希望好像還挺靠譜的，你的心就再難沉寂下來了。

送走郭家國之後，姚巍山第一個念頭就是打電話給林蘇行，他想讓林蘇行幫他聯絡李衛高，現在他對李衛高說的那個風水局極感興趣；他覺得既然李衛高能夠預測出他馬上就能撥雲見日，那他說的能夠保他十年順遂的風水局肯定也是靈驗的。

這十年對他來說極為重要，如果能夠順遂地在仕途上發展，他很可能會走入省級領導的行列。想到這裏，姚巍山就有些心癢難耐，巴不得馬上就把李衛高請到面前來。

但是真正要打這個電話的時候，姚巍山又猶豫了，在這時候找李衛高好嗎？雖然郭家國強調他這個海川市市長位子是穩拿在手的，但是沒有正式公佈之前，郭家國的說法還不能算數，在這個時候他一定要謹慎行事，不要給高層造成什麼不好的印象，所以此時去找李衛高，傳出去對他可是很不利的，所以姚巍山又把這個念頭給壓了下去。

上天似乎故意跟他為難一樣，過了一個禮拜，他絲毫沒聽到關於他要成為海川市市長的消息，他開始沒有自信起來，懷疑郭家國是搞錯了，讓他空歡喜一場。

人在徬徨的時候，就很愛去相信一些虛無縹緲的東西，對姚巍山來說，他唯一能求助的人就是李衛高了，於是他又心癢難耐起來。

猶豫了好一會兒，姚巍山抓起電話打給林蘇行，說：「老林啊，你還記得李衛高這個人嗎？」

林蘇行聽了說：「就是那個招搖撞騙的傢伙嘛，我記得，怎麼，姚副書記對他感興趣？」

「什麼招搖撞騙啊，」姚巍山有點不悅的說：「別瞎說，人家可是大師。」

「什麼狗屁大師啊，」林蘇行笑說：「他不是說你馬上就要轉運了嗎？都過去幾天啦，您有絲毫的改變嗎？他根本就是個江湖騙子，我還想找盧宜，去把這個人叫出來，讓他兌現賭輸了的那一場東道呢。」

姚巍山說：「老林，我跟你說，那場賭是你輸了。」

林蘇行一下還沒反應過來，說：「我怎麼可能會輸，你……」說到這裏，林蘇行才意識到姚巍山話裏真正的意思，聲音低了下來，說：「姚副書記，你這麼說是不是代表你真的轉運了？」

姚巍山語帶保留地說：「可能吧，我聽到一個消息，我要出任海川市市長了。」

「什麼，海川市市長，」林蘇行驚叫道：「怎麼可能？你朋友不會是騙你的吧？」

姚巍山說：「現在很難說，沒公佈之前總是有變數的。」

林蘇行不敢置信地說：「這麼說那個李衛高居然矇對了？」

姚巍山有些不滿地說：「什麼叫矇對了，人家是準確的推算出來的。」

林蘇行說：「誒，你既然問起他，難道說你想跟他接觸一下？」

姚巍山說：「我是有這個意思，不過你先向盧宜詳細瞭解一下這個李衛高的情況，然後我們再來研究要怎麼見李衛高。」

林蘇行答應說：「行，我想我問盧宜這件事，應該問題不大。」

姚巍山又交代說：「你要注意保密，不要牽涉到我的身上。」

林蘇行說：「這個我懂的。」

林蘇行就去找到盧宜，問盧宜道：「盧董，那天你帶來的那位李衛高究竟是什麼人啊？怎麼神神秘秘的。」

盧宜立即告誡說：「不要這麼說大師，我跟您說，大師可是神人，我聽他的話解決了很多的難題。這次您幫我的事，大師早就算出來了，說你會幫我解決這個問題的。」

林蘇行就有點不悅了，說：「合著我幫你解決事情，功勞都是大師的，沒我什麼事啊？」

盧宜笑了一下，巴結地說：「我可沒這麼說，大師說我會遇到貴人，才能把問題解決掉，您就是那位貴人啊。」

林蘇行這才釋懷說：「算你會說話！誒，你有沒有他的聯繫方式，給我一個。」

盧宜笑說：「怎麼，您也想讓他幫忙解決困難嗎？」

林蘇行說：「是啊盧董，你也看到了，我最近連觸霉頭，連市委書記都被我得罪了，我很想讓他幫我化解一下。」

盧宜聽了笑說：「沒問題，大師肯定會幫你化解這些晦氣的。誒，我把他的電話和住址告訴你。」

林蘇行笑笑說：「謝了，不過你要幫我保密啊，我不希望有太多的人知道這件事。」

盧宜理解地說：「沒問題。」

林蘇行就按照盧宜給他的電話跟李衛高取得了聯繫，李衛高倒也沒擺大師的架子，很爽快的就答應跟林蘇行見面，讓林蘇行去他的住址見他。林蘇行就把相關情形告訴姚巍山，問姚巍山要不要一起去見李衛高。姚巍山有些顧慮，就讓林蘇行先去探探李衛高的虛實再說。

林蘇行去了李衛高所說的地方，那是一個占地很大的別墅，古色古香，很是氣派。林蘇行心說：這傢伙還真招搖撞騙了不少錢啊。

給林蘇行開門的並不是李衛高本人，而是一位二十多歲的妙齡女子，自稱是李衛高的弟子。林蘇行忍不住心想：這個大師肯定是個花心大師，搞個這麼漂亮的女人放在身邊算是怎麼一回事啊，他能靜得下心來修煉他的易學命理嗎?!

女弟子讓林蘇行先坐，說現在是大師修煉功法的時間，稍候就會出來見客。林蘇行的好奇心大起，很想知道李衛高在後院搞什麼玄虛，就站起來說：「那我去看看他怎麼修煉的。」

女弟子立即阻止說：「不行的先生，家師在修煉的時候從來不能被打擾，請你耐心的等一下，他一會兒就會出來了。」

林蘇行小聲說：「我就偷看一眼就行了。」說完就信步往後院走去。

女弟子想要阻擋，又怎麼是他的對手，又不敢太大聲的喧嚷，擔心會因此驚擾師父的修煉。就這樣，居然讓林蘇行去到了後院。

後院的門虛掩著，林蘇行推開門一看，馬上驚呆了，因為他看到了一個不可思議的場景。

後院裏有一個碩大的水池，水池裏面注滿了水，李衛高居然盤腿懸空坐在水池的中央，身子也沒沾到水，一身潔白的唐裝，雙目微閉，微風拂過，衣袂隨風飄起，還真有幾番仙風道骨的味道。

正當林蘇行納悶李衛高是怎麼做到這個樣子的時候，水池當中的李衛高好像感應到了什麼，眼睛突然睜開叫了聲誰？同時，林蘇行沒看到李衛高做什麼動作就站了起來，然後居然在水中直直的向他走了過來。

林蘇行心中詫異萬分，難道這就是傳說中的輕功：水上漂？

望著踏水而來的李衛高，林蘇行也不得不相信李衛高並非凡人，趕忙衝著李衛高說：「不好意思，大師，打攪你的清修了。」

一旁的女弟子慌張地趕忙解釋說：「老師，我不讓他進來的，可他非要進來看看。」

李衛高沒有發火，對女弟子說：「行了，林副書記是我的朋友，他要進來就進來吧，你出去吧。」

女弟子就退了出去。林蘇行注意到李衛高從水中走過來，鞋子居然沒濕，大讚說：「大師好功力啊。」

李衛高笑道：「這也沒什麼，這是我練了幾十年的東西。當年我誤入青城山老君洞，遇到了我師父青陽道長，是他傳授我這門功夫的。這門功夫最大的好處，就是能讓人身體變得更加輕盈，至高境界是能夠飛升到另外一個層面去。我就親眼看到我師父青陽道長白日飛升過。」

林蘇行心說這也太玄了吧，可是他剛才親眼看到李衛高腳不沾水的從水池裏走過來，這讓他不得不相信林蘇行所說的是真的了。

李衛高又說：「林副書記，我要拜託你一件事，你今天在後院所見的事情還請保密，所謂懷璧其罪，如果被人知道我會這麼玄奧的功夫，一定有不少人想要學這門功夫，但這門功夫不是什麼人都能學的，要講一個緣分。」

林蘇行立即點點頭，說：「我明白。」

李衛高這才邀請林蘇行去前院，坐定後，女弟子送上來兩杯清茶，李衛高笑了笑說：「林副書記是來請客的吧？」

林蘇行詫異地說：「大師怎麼這麼肯定我是來請客的啊？我不過是過來看看而已。」

李衛高笑說：「你不用掩飾了，我對姚副書記的預言肯定是兌現了，要不然你也不會主動登門來找我。說吧，姚副書記究竟想要我幫他幹什麼？」

林蘇行佩服地說：「什麼都瞞不過大師。他說想跟您見個面，談一下你上次所說的風水局的問題。不過有一點大師請注意，他不希望事情搞得太過招搖，能越低調越好。其中的原因，大師應該明白吧？」

李衛高說：「這我明白，政府官員這個身分讓他有很多事情不得不小心些。要不這樣吧，晚上我去姚副書記家中拜訪一下。你要知道風水局最好擺在身邊，姚副書記現在高升在即，馬上就會離開現在的辦公室，因此把風水局擺在辦公室並不合適，最好的選擇就是姚副書記家了。去他家也可以隱蔽一些。」

林蘇行聽了說：「這我要跟他說一下才行。」就給姚巍山打了電話，說晚上李衛高要去他家拜訪。

姚巍山有些不高興地說：「老林啊，我不是讓你先瞭解一下情況再說嘛？你怎麼直接就跟他談到我啊。」

林蘇行趕忙解釋說：「姚副書記，這個李衛高真是個神人啊，你不知道我剛才看到了什麼，你如果看到的話，肯定也會相信他的。聽我的吧，沒錯的。」

姚巍山只好說：「行，晚上就叫他來吧。」

晚上，在林蘇行的陪同下，李衛高來到姚巍山的家，季琪帶著孩子回避了，家中只有姚巍山一個人在等他們。

李衛高進門後就拿出一個羅盤，開始用羅盤察看姚巍山家中的格局。最後停到客廳的一幅畫面前，邊看邊搖頭，說：「姚副書記，你家中的東西怎麼可以亂擺啊，難怪你這幾年會這麼不得志。」

姚巍山臉上有些尷尬，掃視了一眼家中的擺設，說：「我沒覺得什麼啊，這房子裝修得挺好的。」

李衛高責備說：「這樣還挺好的？你看看你掛的這叫什麼畫啊？」

姚巍山看了看牆上掛的那幅畫，畫上是一個人在風雪中頑強的前進。這幅畫的題目叫做「千山暮雪」，頗有明時文人畫的風韻，姚巍山很喜歡這種風格，便說：「這畫挺有韻味的，怎麼不對了？」

李衛高指點說：「風水上把這個位置叫做靠山方，陽宅風水主要看四靈山訣，左青龍，右白虎，前朱雀，後玄武。青龍方就是人在屋內，面朝大門的左手邊。青龍方掌管家中男主人的權勢、地位，如果青龍方弱，則妻掌夫權，家中男主人無地位，對仕途財運等都有著直接影響。俗話說寧可青龍高萬丈，不可白虎高一尺，你這點還可以，想來在家中還是有點地位的。」

姚巍山聽了說：「嗯，我妻子對我很尊重。」

李衛高接著說道：「白虎方，就是面朝大門的右手邊。太高不好，太低也不行，低了少了都對女主人不好。朱雀是家中的名堂，也就是客廳，宜方正。不宜太多雜物；而玄武就是我說的靠山方了，就是大門對著屋子的最底部為靠山方，靠山方不宜有陽臺和水，否則靠山不牢，人脈不通。」

姚巍山納悶地說：「我的靠山方不是陽臺和廁所啊。」

李衛高聽了說：「可是，你告訴我你想到雪山的第一個印象是什麼？會是熱血澎湃嗎？還是會積極進取？」

姚巍山想了想說：「我想這幅畫的意思可能是不畏艱難吧？」

李衛高說：「不畏艱難，就是說有艱難的存在了，你把艱難時時放在靠山方，仕途又怎麼能順利呢？再說了，看到雪山，第一印象就是冷，而且不是一般的冷；你想吧，在官場上混，你想要的是熱還是冷呢？」

姚巍山想都沒想的說：「當然是要熱了。」

李衛高笑說：「你也知道要熱，那為什麼卻把一個這麼冷的東西掛在這裏呢？你跟靠山之間冷得都結冰了，他還會幫助你嗎？再是你想想，你什麼時候開始在仕途上不順遂的？與這幅畫掛在這裏有沒有什麼關聯？」

姚巍山仔細想了想，好像還真是他把這幅畫掛在這裏之後，孟副省長才跟他產生了心結的。於是看著李衛高說：「還真是我掛上這幅畫之後，仕途便開始不順了。大師，你說這要怎麼破解啊？」

李衛高笑說：「要破解很簡單，趕緊把這幅畫給換掉，換上泰山畫，象徵你的靠山穩如泰山，你的仕途自然就順遂了。此外，你這幅畫，瀑布從客廳直向外流，這是財星官位本命吉方，瀑布從客廳向門口流，在風水上明顯是財氣倒流之象……」

李衛高又給姚巍山指點了流年文昌位，要姚巍山在上面擺放文昌塔，此刻姚巍山因為一幅千山暮雪圖對李衛山已經是心服口服了，對李衛高的指點聽得十分認真，還不時的詢問一些他心中困惑的問題，李衛高自然又是一番講解，姚巍山聽得似懂非懂，卻是頻頻點頭，虛心受教。

最後要送李衛高離開的時候，姚巍山不禁緊緊地握住了他的手，感激地說：「大師，今天聽你一番話，讓我真是茅塞頓開啊，今後你可要多多指點我啊。」

李衛高笑了笑說：「姚副書記，指點不敢，你如果對這方面感興趣，我們倒是可以在一起多切磋切磋。」

海川市，市委書記辦公室。

孫守義接到省組織部白部長的電話，白部長告訴他說：「守義啊，有件事要跟你說一下，乾宇市的市委副書記姚巍山要到海川市做市長了。」

孫守義在省裏開會的時候見過姚巍山，也知道姚巍山跟孟副省長間的淵源，很納悶省裏為什麼要用這個跟海川市不搭界的人來做市長，忍不住問：「為什麼會選他啊？」

白部長說：「原因我也不太清楚，是省委書記馮玉清提議的，好像鄧子峰省長和曲煒副省長都支持他，所以經過考察後，就確定由他來做這個海川市長，現在就等常委會通過了。」

孫守義不禁說道：「白部長，我跟這個人不熟，您知道他是怎麼樣的人嗎？」

白部長說：「這個人情況有點複雜，是個很有能力的人，卻有點恃才傲物，後來跟孟副省長發生衝突，就沉寂了幾年。這次東山再起，我想他的個性會被磨掉很多，處事會變得圓滑些。還有，你要注意，這傢伙跟孟副省長似乎還有某種聯繫，傳說他能夠東山再起，是孟副省長向馮書記推薦的，所以你要小心應對他。」

孫守義聽了說：「行，白部長，我會小心應對的。」

剛結束跟白部長的通話，曲志霞敲門走了進來。

「我得到一個消息，想跟您說一下。」曲志霞邊走邊說著。

孫守義笑說：「你該不會是想告訴我新任海川市長是哪位吧？」

曲志霞意外地說：「這麼說你已經知道是誰了？」

孫守義說：「是的，我知道是姚巍山來做海川市市長。曲副市長，你對此怎麼看啊？」

自從孫守義跟曲志霞達成某種默契，成為合作關係之後，他就開始給與曲志霞適當的尊重，很多事都會聽取曲志霞的意見。

曲志霞說：「你問我怎麼看啊，我對這個姚巍山並不很熟，不過有一點對您和我來說，恐怕並不是件好事。」

孫守義趕忙問道：「哪一點？」

曲志霞說：「這傢伙是省委馮書記推薦的，又跟孟副省長有著很複雜的關係，省裏派這樣一個人過來，針對性可是很強的。」

馮玉清這個新上任的省委書記和鄧子峰之間，形勢還很不明朗，不過曲志霞認為他們很難和諧相處，將來必然會有一鬥。因此馮玉清推薦一個曾經是孟副省長派系的姚巍山來海川出任市長，其中的意味就很耐人尋味啦。

曲志霞分析了半天，得出來的唯一結論是，姚巍山被派來是針對孫守義的。孫守義在東海政壇上隸屬於鄧子峰派系，馮玉清讓姚巍山來海川，肯定是存著讓他跟孫守義抗衡的想法。

孫守義不以為意地說：「有針對性又怎麼樣，我就不信一個初來乍到的人能夠在海川興起多大的風浪。」

曲志霞若有所思地說：「這倒也是，不過您也不能掉以輕心，還是要小心些的好。」

孫守義對他目前在海川所擁有的實力很有自信，自認為能制得住姚巍山，就笑笑說：「行，我會注意的。」

東海省委常委會很快就通過了姚巍山出任海川市市委副書記、代市長的任命，姚巍山被叫到齊州，馮玉清親自向姚巍山做任職談話。

馮玉清看了看眼前這個比真實年齡顯老態的姚巍山，心中有些擔心，這是她到東海省來所做的第一個重大的人事安排，她希望姚巍山能夠做出點成績給別人看，好證明她並沒有用錯人。但是眼前這個人卻很拘謹，有點畏縮，馮玉清很擔心這幾年的沉寂讓他變得保守怕事起來，這可不是她希望看到的。

馮玉清親切地說：「姚同志，在這裏我正式的通知你，組織上經過認真的考慮，決定由你出任海川市的市委副書記、代市長。」

姚巍山緊張的點了點頭，說：「謝謝組織對我的信賴，我一定竭盡全力完成上面交代給我的任務，努力把海川市的工作帶上一個新的臺階。」

馮玉清聽了說：「你說要把海川市的工作帶上一個新的臺階，你打算怎麼帶啊？」

馮玉清這話帶有考問姚巍山的意思，她想聽聽姚巍山是有實際的計畫，還是僅僅是說說空話而已。

姚巍山也明白馮玉清這是在考他，幸好他自從知道要出任海川市市長之後，就開始收集海川市的一些相關資料，也對海川市的未來做過一番認真的思考，此刻馮玉清問到，他就胸有成竹地說：

「馮書記，那我就談談我的一些想法。海川的經濟發展一向排在省地級市中的前列，我也對海川市的經濟發展做過一些粗略的分析。」

姚巍山就談了他在海川開展工作想要做的三個方面。首先一點是要繼續發展金達的海洋科技戰略，他認為這個策略不但不能放棄，而且還要加強，讓海洋科技變得更加優質高效，從而讓海川的海洋發展戰略更上一個臺階。

馮玉清點了點頭，說：「海洋科技戰略已經是國家發展戰略的重要部分，確實應該加以強化，爭取讓海川的海洋科技為海川市貢獻更大的效益。」

姚巍山接著講他想做的第二個工作，那就是重視海川的農業發展，繼續搞好孫守義之前所做的花卉種植推廣工作，這個項目還有很大的發展空間，而且是綠色環保項目，利國利民，沒有理由不大力發展。

馮玉清聽到這裏，不禁質問：「你說的都是前面同志做過的工作，你不擔心就是你做好了，也會被認為是前人的功勞嗎？」

姚巍山自信地說：「我不擔心，我做過什麼，人民的眼睛是看得到的。再說，我做這個代市長是為了海川市能夠獲得更大的發展，並不是為了自己撈取政治資本的。」

姚巍山談的第三個，則是胡俊森的新區規畫，目前新區雖然發展的不盡如人意，但是前景廣闊，姚巍山認為它將會成為海川市政府最重要的發展戰略之一。

馮玉清總結說：「巍山同志，你倒是挺會投機的，說的都是別人做過或者正在做的事，一點你自己的東西都沒有。」

姚巍山不好意思地說：「馮書記，你這可是冤枉我了，我對海川本就不熟悉，不熟悉您讓我怎麼拿出自己的東西啊?!再說，前人做得好的工作，不代表換了人就不需要繼續了。」

馮玉清點點頭說：「不錯啊，巍山同志，很多同志一走上領導崗位，就對前人的工作諸多褒貶，非要把前任的工作全都推翻才肯甘休，我很高興你沒這麼想。看來你是個注重實際工作的好同志。原本有人向我推薦你的時候，我還有很大的顧慮，怕你不能勝任，現在看來，我這個擔心完全是多餘的了。」

說到這裏，馮玉清看著姚巍山，笑了笑說：「誒，姚同志，你知道是誰推薦你來做這個海川市市長的嗎？」

這個問題讓姚巍山一愣，這幾天他也在思考這個問題，他把東海政壇上能夠跟他扯上關係的政壇大老數了個遍，卻怎麼也想不出是誰推薦他的，這個謎團就一直留在他的心裏。

姚巍山納悶地說：「馮書記，我還真想不出是誰推薦我的。」

馮玉清笑說：「這個人與你有很深的淵源，我聽說你跟他還有點紛爭，不過這次他展現了高風亮節，不記舊怨的推薦了你。我想我這麼說你應該就知道是誰了吧？」

姚巍山呆住了，好半天沒回過神來。他怎麼也想不到推薦他的，居然是孟副省長！

馮玉清說：「你想不到吧，其實我也沒想到，不過孟副省長對你算是知人善任，知道你能勝任海川市市長。這份識人的眼光和胸襟真是令我佩服啊。巍山同志，你有機會的話，該去跟孟副省長說聲謝謝。我聽說當初也是孟副省長提拔你，你才有今天的成就。」

提及孟副省長，姚巍山心中真是百感交集，他的成與敗都與孟副省長有關。孟副省長造就了他，卻也把他推入谷底，只因當年他沒有完成孟副省長交代給他的一項企業改制任務，沒有讓孟副省長屬意的人得到那家企業，便惹得孟副省長把他叫去臭罵了一通，從此就沒再搭理過他。

不過孟副省長推薦他出任海川市長這件事，讓他化解了對孟副省長的恨意，姚巍山決定聽從馮玉清的建議去看望一下孟副省長。於是在結束跟馮玉清的談話後，姚巍山就打電話給孟副省長，想趁去海川前看望他。

「你好，哪位？」孟副省長接了電話。

姚巍山說：「老領導，是我，小姚啊。」

孟副省長遲疑了一下，說：「巍山，是你嗎？」

姚巍山笑了笑說：「老領導還記得我啊？我人正在齊州呢，您現在有時間嗎，我想去看望一下您。」

孟副省長知道姚巍山肯定是為他推薦他出任海川市長一事而來，實話說，他當初向馮玉清推薦姚巍山，只是不想讓馮玉清認為他有私心才推薦了他，誰知道這張安全牌還打對了。

事實上孟副省長並沒有原諒姚巍山，虧他那麼栽培姚巍山，得到的回報居然是讓自己栽了一個不小的跟頭。

當時孟副省長收了一個商人的一大筆錢，答應讓這個商人拿下一家正在改制的國有企業。孟副省長本來以為這件事情輕而易舉，因為主抓這個企業改制的，就是他大力栽培的得意門生姚巍山，所以應該一點問題都沒有。姚巍山當時也答應得好好的，偏偏不知道姚巍山犯了什麼神經，那個企業的工人一鬧事反對，他就被嚇住了，沒把企業給那個商人。

那個商人花了錢，見狀自然不肯，就向孟副省長追債，威脅孟副省長不退錢的話，他就向中紀委舉報孟副省長，孟副省長被搞得很被動，只好忍痛退了錢，也因此恨死了姚巍山，覺得姚巍山是個忘恩負義的小人。

雖然孟副省長不想見姚巍山，但是不見新科的海川市長，並不符合他的政治利益，他要讓東海政壇上的人知道，即使他孟某人病休，仍然能夠左右東海省政局。

於是孟副省長壓下心中對姚巍山的反感，說：「行啊，你過來吧，你沒忘記我住在什麼地方吧？」

孟副省長故意問姚巍山忘沒忘他住的地方，是有諷刺他忘本的意思。

姚巍山也不去計較孟副省長的態度，笑了笑說：「老領導的家門我怎麼會忘記呢，您等著，我一會兒就過去。」

過了一會兒，姚巍山就到了孟副省長的家門前。

敲門後，孟副省長親自開的門，跟姚巍山握了握手，親熱地說：「巍山啊，我們可是有些年頭沒見面了。」

姚巍山不禁感慨說：「是啊，老領導，這幾年我一直不得意，所以也沒臉來見您。這次幸好得您推薦，讓我出任海川市代市長，這才覺得有資格來看看您。」

孟副省長假意責備說：「你這個小姚啊，我這裏什麼時候說不風光就不能來了？再說，我已經病休了，現在可是比你還不得意，難道我就閉門不見客了嗎？」

姚巍山刻意地討好說：「我怎麼跟老領導您比啊？您就是閉門謝客，在東海省政壇也是影響極大的。」

孟副省長笑了笑說：「瞎說！好了，趕緊進來坐吧。」

兩人就去客廳的沙發上坐了下來。

孟副省長說：「小姚啊，雖然我向馮書記推薦了你，但是真正用你的人可是馮書記，她才是有決定權的人，這點你可不要忘記了。」

姚巍山心說：這還用你說，你早就不是當年的那個孟副省長了，不過是個病休在家的老頭子罷了，現在是馮玉清想要利用你，你才有機會重新出現在公眾的視野中。如果不是因為馮玉清，我才不會來看你呢。

他很清楚地知道是馮玉清給了他政治生命的第二春，在這一刻，姚巍山早已把自己當做馮玉清的人馬，而非孟副省長的人了。

姚巍山笑笑說：「老領導放心好了，我知道我今天能出任海川市市長，不單是有您對我的培養，也是因為馮書記對我的信賴，所以我一定會努力工作，不辜負您和馮書記對我的期望的。」

孟副省長聽了，讚許說：「小姚，你能這麼想，表示你成熟多了，說起來，當年我對你的要求有點過於嚴格了，現在想想，我心中也有些歉意。你不會記恨我吧？」

姚巍山聽孟副省長這麼說，心中越發覺得孟副省長老了，沒有當年的那種威勢，他居然會認錯？當年的孟副省長威風八面，就算做錯了也不會承認的。現在的孟副省長只是個老人，不會再有風光的未來了。

姚巍山甚至有幾分可憐孟副省長，笑了一下說：「老領導，看您這話說的，沒有您的嚴格要求，又怎麼會有今天的我呢？我感謝您還來不及，又怎麼會記恨您呢？」

孟副省長安慰地說：「那就好，那就好。」

姚巍山登門拜訪孟副省長的事，很快就在東海政壇上傳開來，人們這才知道姚巍山被重新啟用居然是孟副省長在馮玉清面前做了推薦，想不到孟副省長這麼得馮玉清的信賴，政壇人士不得不重新審視起孟副省長。

很多本土派的官員因為孟副省長病休的緣故，以為孟副省長不行了，就疏遠了孟副省長，此時看到孟副省長猶有餘威，再加上他們沒從鄧子峰那邊得到什麼好處，於是再度圍攏在孟副省長的周圍，孟副省長的家再度熱鬧了起來，儼然又成了本土派勢力的大本營了。

不過，孟副省長已經今非昔比了，他沒有獨當一面的實力，必須依附在馮玉清的勢力下才可以，也就是說，馮玉清透過他開始掌控了一部分的東海本土勢力。

這是馮玉清紮根東海省的第一步，也是她瓦解鄧子峰跟東海省本土勢力結盟的第一步，通過這一步，她成功的把一部分東海本土勢力團結到身邊，再加上她跟曲煒所擁有的原來呂紀一系的人馬的聯盟，她掌握的勢力已經具有跟鄧子峰抗衡的能力了。

第七章

名人效應

姚巍山把要宣傳海川、拍攝形象宣傳片的事情提了出來，
隨即就提出要請大卡司來操刀製作這部宣傳片，
請名導和名演員助陣，
借由他們的名人效應把聲勢給造起來，
讓人們通過這部宣傳片深刻的記住海川市。

深夜，劉麗華的家中。

臥室中春光旖旎，聽著身下的劉麗華滿足的呢喃聲，孫守義的動作就更加猛烈起來。

他喜歡這種完全掌控一切的感覺，就像他現在完全掌控住海川局面一樣，擁有絕對權力的那種愜意，絲毫不差於此刻劉麗華帶給他的愉悅。

姚巍山已經到任，在他的面前姿態放得很低，一副唯他馬首是瞻的樣子。雖然孫守義明白姚巍山並不甘於伏小做低，但是姚巍山在代市長這個代字還沒去掉之前，是不敢跟他有什麼直接衝突的。

現在班子裏剩下來夠分量吵鬧的人就只有于捷了，但于捷獨木難支，很難掀起什麼風浪，於是海川市領導班子難得的呈現出一個緊密團結在孫守義周圍的局面。

想到這些，孫守義更加勇猛起來，劉麗華也更熱烈地回應他，最終他在她的身體裏顫抖不已，快樂的潮水奔襲而來，將兩人給徹底的淹沒。

停歇片刻，劉麗華用力的掐了一下孫守義的肩膀，嬌嗔說：「你今天怎麼了，要了我兩次還這麼生猛，我被你折騰得骨頭都要散架了。」

孫守義心裏明白這都是權力帶來的自信，笑笑說：「這都是因為你太好了，讓我一次又一次的想要佔有你。」

劉麗華抱緊了孫守義，感動地說：「守義，你對我真是太好了。」

孫守義也抱緊了劉麗華炙熱的身子，心說：只要我能像現在這樣掌控海川的局面，我會對你更好的。

第二天走進辦公室的時候，孫守義還可以感受到昨晚劉麗華給他帶來的愉悅，他愜意的身體後仰，放鬆的靠在椅背上，閉著眼睛回味著昨晚經歷的快樂。

不得不承認海川是他的風水寶地，不但在仕途上風生水起，沒幾年的時間就坐到地級市市委書記的高位，還得到劉麗華這樣一位年輕貌美、善解人意的美人，老天對他真的是不薄。

孫守義正在愜意的想著時，咚咚咚有人敲門，孫守義坐正了，然後喊了聲進來。

來的是姚巍山和于捷，孫守義這才想起今天是開例行書記會的日子，就衝兩人點了點頭，說：「來，老姚，老于，坐坐。」

姚巍山就坐到孫守義的對面，于捷則是去沙發那裏坐了下來。

孫守義注意到姚巍山臉上帶著謙恭的微笑，于捷臉上則是皮笑肉不笑的。光看這一點，孫守義就明白兩人現在的心境。姚巍山是新科的海川市代市長，他保持一副謙恭笑容，是不想讓自己覺得他得意忘形；而于捷現在處境尷尬，迫於形勢不得不臣服於自己，心中肯定暗恨不已，所以才皮笑肉不笑的。

孫守義打量著兩人之際，姚巍山也在看著孫守義，他注意到孫守義肌膚紅潤，不覺詫異了一下，這明顯是在床上得到了女人的滋潤才會有這樣的臉色。孫守義的老婆遠在北京，肯定不能遠隔千里的滋潤到孫守義，也就是說，昨晚和孫守義溫存的是另有其人了。

孫守義在海川這裏一定有情人，這倒是件很有意思的事。

姚巍山並不覺得這有什麼，大家都是男人，深知一個健康的男人是離不開女人的。孫守義孤身一人在海川，找個情人調劑一下也很正常。不過對於官場中人，這可是個致命之處。姚巍山心想應該想辦法找出這個女人來，也許這會成為他日後對付孫守義的一張王牌。

姚巍山就故意開玩笑說：「孫書記，您是遇到什麼好事了，一大早就春風滿面的？」

孫守義並沒有發覺姚巍山這話暗含諷刺，他正沉湎在掌控海川的得意當中，自我陶醉讓他失去了敏感性，不在意地說：「我沒遇到什麼好事，可能是昨晚休息的不錯罷了。」

姚巍山心說有美女陪，肯定是休息的不錯了。他笑了一下，自嘲說：「孫書記，我真是很佩服您啊，掌管這麼大的一個城市，還能這麼氣定神閒。我就不行了，一想到要把這麼大的城市經濟發展起來，我就有些吃不香睡不著了，我老婆常說我這個人沒多大的斤兩，我還不服氣，現在看看還真是啊。」

孫守義笑了一下，說：「老姚啊，你跟我不同，我是已經在這個崗位上工作一段時間了，已經習慣了。而你新成為海川市的市長，下車伊始，什麼都是新的，新的工作，新的同事，新的環境，難免會有些戒懼戒慎的心理，你就放輕鬆，我相信你能勝任海川市市長的。」

姚巍山說：「您以前對我並不熟悉吧？怎麼會對我這麼有信心啊？」

孫守義笑說：「我是對你不太熟悉，但是我對馮書記領導的省委有信心，相信她選擇的人一定是德才兼備的。」

孫守義跟姚巍山說這番話，是有特別含義的。既然姚巍山是馮玉清派來的，他希望能讓姚巍山向馮玉清傳達他對馮玉清的態度，這個態度就是他願意服從馮玉清的領導。

事實上孫守義也沒有別的立場可選擇，鄧子峰在馮玉清來東海後，公開場合中，態度一直緊隨馮玉清，連鄧子峰都這樣，他這個鄧系的人馬自然沒有去對抗馮玉清的可能了。

姚巍山謙虛地說：「孫書記不要這麼說，德才兼備這個詞我可不敢當，省委讓我來負這個海川市市長的重擔，我深感責任重大；我現在能做的就是殫精竭慮的做好工作，力爭不辜負省委和馮書記對我的期望。」

孫守義聽了，饒有深意地說：「我們都應該殫精竭慮的去做好本職的工作，是吧老于？」

于捷看孫守義帶上了他，就笑笑說：「是的，孫書記，我們擔負的工作是組織上對我們的信任，如果我們不竭盡全力去做好，是對不起組織的。」

孫守義接著說：「做好上面交代給我們的工作是應該的，不過老姚，什麼工作都要一步一步做才行，所以你不用焦慮，力求穩紮穩打，千萬不要急於求成。」

姚巍山點點頭說：「您指示的對，這下子我心中豁然開朗，我一定會按照您的指示去做。」

孫守義示好地說：「老姚，不要說什麼指示不指示的，大家都是一個班子裏的同事嘛，很多事情有商有量，如此而已，不一定非要上升到指示的高度，那麼嚴肅。」

姚巍山立即回說：「是，是，您指示的是。」

孫守義有些啼笑皆非的感覺，打趣說：「老姚，你怎麼還是指示指示的啊？我們別打這種官腔行不行啊？」

姚巍山也笑了，說：「習慣了，所以脫口就說了出來。我下次注意。」

孫守義心中不免就有點蔑視姚巍山，覺得他不過是個好說空話的應聲蟲而已，根本就不值得去重視。孫守義也就不再跟姚巍山扯閒，正式開始了會議的議程。

書記會的議程並不長，三個人相互交換了一些意見後，就到了尾聲，孫守義正想結束會議時，姚巍山說話了：「孫書記，我有件事想跟您和于副書記徵求一下意見，不知道可不可以講？」

孫守義看了姚巍山一眼，心說：這傢伙不是要鬧什麼么蛾子吧？前面裝得那麼老實，後面突然端出一個爆炸性的問題打他一個措手不及。如果是那樣，這傢伙就是在扮豬吃老虎了。

不過孫守義也不擔心姚巍山會搞出什麼花樣來，便說：「什麼事啊，你說就是了。」

姚巍山笑了笑說：「是這樣子的，我注意到我們海川各方面工作都做得很不錯，但是有一點卻很不足，需要加以改進。」

聽姚巍山說到海川市工作上的不足，于捷的眼睛就亮了，他覺得這是姚巍山對孫守義發難了。之前海川市政府的工作可是孫守義主持的，有什麼不足，矛頭指向的就只有孫守義。

孫守義的臉色就不好看了，這傢伙是不是也太急躁了點啊？好吧，我倒要看看你到底想搞什麼花樣，便說：

「老姚，你說說看到底有什麼不足啊？」

姚巍山笑了笑說：「是這樣的，海川無論經濟還是環境，在東海省甚至全國都是名列前茅，但是知道我們海川這麼好的人卻並不多，這是為什麼？就是因為我們對自我的宣傳不夠。有句話說：酒好也怕巷子深，現在海川市的好是養在深閨無人識，這樣下去是不行的，我們是不是也找機會吆喝吆喝自己啊？」

原來姚巍山說的是自我宣傳不足，孫守義臉色就不那麼難看了，這不是什麼大問題，也無法認定是誰的責任，看來姚巍山只是想要做點事，並不是針對他。

孫守義便說：「那你說我們要怎麼吆喝自己啊？」

姚巍山提出他的建議：「我覺得海川應該拍一些形象宣傳片，放到電視臺去播放，讓我們海川的好處廣為人知。」

「你要在電視臺發廣告？」于捷有點不屑的說道：「你知道在電視臺發一個廣告需要多少錢嗎？黃金時段隨便幾秒鐘就要幾千萬的，我們海川哪有這個資金實力啊？」

于捷本來希望姚巍山跳出來是直接挑戰孫守義的，沒想到姚巍山居然講出這麼個不痛不癢的問題，心中未免有氣，因此直批姚巍山的不切實際。

姚巍山不以為意，笑說：「于副書記，你先別急，聽我說完。我知道要去電視臺發廣告需要的錢不是個小數目，海川市政府承擔上有困難，但是並不代表這件事不能做。」

孫守義看了看姚巍山，他做市長時，也曾經考慮過這件事，只是限於資金困難，就一直擱置著，現在看姚巍山的樣子似乎有辦法，不禁好奇地問道：「老姚，說說看，你想要怎麼做？」

姚巍山說：「我想我們可以在形象宣傳片中放一些海川本地名優企業進去，宣傳海川的同時，也宣傳了這些企業；這樣的話，他們是不是會願意出一筆資金，把這個形象廣告給發出去呢？」

于捷聽了說：「你這是想要企業贊助市裏發這個廣告啊？我覺得這不合適，這對政府的聲譽會造成極大的損害。用企業的錢發政府的廣告，這市政府立場還有客觀性嗎？」

姚巍山有些不滿地說：「我認為這不過是兩方的互助罷了，于副書記你是不是也太上綱上線了？」

于捷仍然不贊同地說：「我倒不這麼認為，作為領導，我們應該保持政府的超然立場……」

「老于啊，」孫守義打斷了于捷的話，說道：「我們用企業的資金發一點自身的形象廣告並沒有什麼錯，老姚這個方案其實有些可行。」

姚巍山聽了，立即說：「謝謝孫書記對我的支持。」

孫守義說：「我這也是為了海川市未來的發展，老姚，既然你提出這件事，市政府就把這件事情給辦起來吧，需要市委支持的地方，市委一定會支持的。」

姚巍山高興地說：「行，我就按照您的指示去辦。」

孫守義笑說：「你又來了，什麼按照我的指示去辦啊，這個主意本來就是你拿的，以後別再這樣了。好了，你還有別的事嗎，沒有的話就散會了。」

姚巍山說沒有，書記會就結束了，姚巍山和于捷就先後離開了。

姚巍山回到辦公室，臉上慢慢地露出了笑容，他笑得這麼開心，是因為想到剛才孫守義叫他不要對他說「指示」的那些話。孫守義應該不會這麼愚蠢，真的相信他變得保守和畏縮了吧？如果相信，那孫守義也太好騙了一點。

姚巍山想到這裏，伸手去轉了一下桌上的地球儀。

這個地球儀是李衛高專門幫他看過才讓他擺放的，是純銅材質。李衛高對此的解釋，說純銅地球儀具有風水球的風水功效，擺在辦公室中可顯生機，有增添靈氣，辟邪鎮宅，平衡陰陽之功效，能夠凝聚天地之精華，催旺他的運勢。

地球儀的形體本就代表一種圓滿，執政者可使上下級都滿意，政治前途開闊無際，生意人業務關係遍佈四方，可得四方之財，事業根基遍佈全球，勢不可擋；其次，地球儀的轉動，隱含著生命的靈動，代表風生水起，財源滾滾，風水輪流轉，催運催財催權貴。

更重要的一點，地球儀擺放在官員的辦公室裏很正常，可以解釋為主人胸懷天下，放眼全球，不會有人懷疑它還有風水的作用。

當然，這座地球儀並不是隨意擺放就能起到這麼大的作用，還要注意它的擺放位置，要擺在白臨方位上，才可催旺、催財、催富貴。為了準確的擺放在白臨方位上，姚巍山還專門讓李衛高從乾宇市趕過來，在晚上趁辦公室沒人時，拿著羅盤測了半天，才定好這個位置的。

也不知道是不是心理作用，李衛高為他擺好這個地球儀後，姚巍山頓時感到整個人都身心舒泰，那些到了新地方的局促感也沒有了，感覺精力充沛，很有馬上就想大幹一場的衝動。這種感覺已經有許多年沒有在他身上出現過了。

不過衝動歸衝動，姚巍山並沒有真的就行動起來。李衛高曾告誡過他，不要因為他幫忙擺好地球儀的風水局就盲目躁動。

風水這個東西，說穿了就是一個磁場，通過改變物品的擺放位置從而改變一個人周圍的磁場，進而改變人的運勢。而人體對新磁場的接受需要一個過程，因此李衛高要姚巍山稍安勿躁，等他的身體接受了新的磁場後，再來有所行動也不遲。

轉天，姚巍山就在市長辦公會上把要宣傳海川、拍攝形象宣傳片的事情提了出來，並說已得到了孫守義的支持，然後詢問其他副市長的意見。這本就是一件錦上添花的事，又不涉及太多的利益，加上孫守義支持，就沒人站出來反對。

姚巍山隨即就提出要請大卡司來操刀製作這部宣傳片，請名導和名演員助陣，借由他們的名人效應把聲勢給造起來，讓人們通過這部宣傳片深刻的記住海川市。

有人覺得姚巍山這麼做似乎有些華而不實，等涉及到經費問題時，副市長們更是紛紛大嘆苦水，說現在經濟形勢不好，海川的企業很難拿出這麼多的資金來贊助政府做這件事。

姚巍山聽了，一口應承說：「這件事就由我來負責好了，到時候由我出面跟海川市的企業家們募資，看看海川的企業界能給我這個代市長多少面子。」

姚巍山相信自己能夠籌到足夠的資金，而由他出面籌資，實際上是給海川市的企業家們一個接觸市長的機會。現在的企業家都很懂得跟政府結好的重要性，沒事都還想著怎麼去透過關係跟市長建立聯繫呢，現在市長主動聯繫他們，他們應該不會給臉不要臉的。

會親自負責這件事，姚巍山也是經過一番深思熟慮的，在代市長的代字去掉之前，他在海川不宜有太大的動作。但是什麼事都不做的話，海川的人會認為他沒有能力，如果這件事能做成，是一件海川全市民都可以看到的事，絕對可以為他加分。

這件事就這樣確定了下來，會議上又研究了一些其他方面的工作，就宣布散會了。

散會後，姚巍山回自己的辦公室，副市長胡俊森跟在他身後，也進了辦公室。

姚巍山看了看胡俊森，對市政府班子主要的成員，他已經做過一番瞭解，曲志霞現在跟孫守義一線，他沒有足夠的利益能夠讓曲志霞轉向他的陣營；對於胡俊森，姚巍山則視為是可爭取的對象。

他注意到胡俊森一門心思撲在新區的建設上，又是成立城市投資開發公司，又是向發改委申請發行城投債，十分積極地為新區發展爭取資金，是個忙於做事的人，如果利用好了，可以幫他帶來很多的政績。

姚巍山看著坐到他對面的胡俊森，笑了笑說：「俊森同志，你跟過來是找我有什麼事啊？」

「市長，您看能不能在海川的形象宣傳片中，也幫我們新區宣傳一下啊？」胡俊森央求說。

姚巍山聽了，不禁說道：「你真是很善於把握機會啊。」

胡俊森無奈地說：「我不這麼做不行啊，新區現在沒政策、沒資金，我不再想想別的辦法，新區只有等死一條路可走了。」

姚巍山鼓勵說：「別這麼悲觀，我認為新區代表海川未來發展的方向，雖然暫時存在困難，但總有一天會發展起來的。再說，我覺得你現在的工作做得已經很不錯了，新區各項工作都在有條不紊的進行著，雖然眼下看不出什麼成績，但是等基礎打好之後，新區應該會有一個跳躍性的發展的。」

胡俊森眼睛亮了一下，沒想到姚巍山居然對新區的情況這麼熟悉，而且看上去姚巍山是支持他的，便回說：「市長，您也看好新區？」

姚巍山說：「是啊，我認為新區對海川各方面的發展都是有利的，是海川市未來的發展方向。」

胡俊森聽了，說：「既然這樣，那您是不是支持一下我們啊？給不了政策，給點資金也行啊。」

姚巍山笑說：「你這傢伙，這麼快就打我的主意啦，你不是在籌備發行城投債嗎？發行城投債，資金不就可以解決了嗎？」

胡俊森苦笑說：「城投債能夠發行的量實在太少了，對新區要進行的開發建設來說，實在是杯水車薪，遠遠不夠啊。」

姚巍山安慰他說：「你也不要太心急，一口吃不出個胖子來的。海川的財政資金就那麼多，能給你的支持有限，我目前還是代市長，能做的事情也很有限，頂多能幫你在形象宣傳片中多給新區幾個鏡頭罷了，想從我這裏要資金是沒門的。」

胡俊森覺得姚巍山說話直接，能夠做什麼、不能夠做什麼清晰明瞭，跟他的做事風格很相近，心中就有些喜歡這個代市長，很想多跟他聊幾句。

他注意到姚巍山放在桌上的那個地球儀，話題就轉向地球儀，說：「您能幫我多宣傳一下新區，這就夠了。誒，市長，您這個地球儀挺別致啊，居然還是銅製的。」說著，居然將地球儀拿了起來，一邊用手撥動著，一邊又問姚巍山：「市長，您這是在哪裏買的？」

姚巍山臉色大變，這個地球儀是他的風水寶物，是他仕途能夠順利的保證，這麼重要的東西卻被胡俊森拿在手裏當作玩物一樣的擺弄，這怎能不讓姚巍山心中惱火?!

而且胡俊森這麼一動，馬上就破壞了地球儀的佈局，按照李衛高的說法，就是改變了原來的磁場，就算胡俊森馬上放回去，也不可能跟原來的位置完全絲毫不差，等於是破了李衛高為他擺好的風水局了。

姚巍山心裏忍不住大罵胡俊森，卻又不能將其中的風水作用講給胡俊森聽，只好強笑了一下說：「買什麼啊，是一個朋友送的，我看挺好玩的，就隨便放在桌子上了。」

胡俊森注意到姚巍山神情上的變化，但是他不知道究竟是什麼緣故導致姚巍山臉色變得難看起來的，就說：「你朋友送這個禮物不錯，這是寓意要您放眼全球啊。」

姚巍山看胡俊森依舊拿著地球儀在玩弄著，心裏越發的彆扭，強自按捺住火氣說：「一個玩物而已，哪有那麼多講究啊？」

胡俊森看姚巍山有些緊張的樣子，說：「也不能這麼說，擺在桌子上確實挺好看的，看您擺，我也想在桌上擺一個呢。」

聽胡俊森說喜歡，姚巍山擔心胡俊森會開口跟他要這個地球儀，就先拿話堵住這種可能，搶先說道：「這是朋友送我的，我不好送人，要不然我就送給你了。」

其實胡俊森只是拿地球儀作為聊天的話題罷了，哪裏真的會要，便笑了笑說：「是啊，那樣子對朋友就不夠尊重了。」一邊說，邊信手將地球儀放了回去。

姚巍山懸著的心這才放鬆了些，不過他注意到胡俊森沒有把地球儀放回原位，而是比原來的方位偏了不少，放鬆的心再度抽緊，像是被什麼堵住了一樣，很不舒服。

好不容易胡俊森終於離開，姚巍山趕緊去把地球儀擺回原來的位置，但是他的心裏依舊堵得慌，他又調整了一下地球儀的方位，情況沒有絲毫的改善，姚巍山開始坐立不安起來，忍不住抓起電話打給李衛高。

李衛高接了電話，姚巍山趕忙說道：「大師，你可要幫幫我，這個地球儀出問題了。」

李衛高納悶地說：「地球儀會出什麼問題啊，我不是給你擺得好好的嗎？」

姚巍山訴苦說：「哎呀，剛才我辦公室裏來了一個討厭的傢伙，把地球儀拿起來玩，把位置給動了，搞得我現在心神不寧的，你看是不是能趕過來幫我重新擺正一下啊？」

李衛高問：「有人動了，什麼人動的啊？」

姚巍山說：「一個副市長，姓胡，叫胡俊森。」

李衛高聽了說：「這傢伙是不是故意跟你搗亂啊，好好地去動你桌上的物品幹什麼?!」

姚巍山愣了一下，說：「你是說他是故意跟我搗亂的？」

李衛高挑撥說：「我覺得是，要不然那麼大的一個人，怎麼會去動你桌上的東西啊?他又不是兩三歲的孩子。」

姚巍山卻不認為胡俊森有這種心機，他知道胡俊森很高傲，高傲的人是不會玩這種心機的，便說：「應該不會的，我覺得他就是手賤而已。您趕緊過來幫我重新擺放一下吧，不然我的心神老安定不下來。」

李衛高安撫說：「你別急，現在的問題是原來的風水局已經被這個胡俊森給沖犯了，即使擺回原位，也無法起到原來的作用了。」

「那怎麼辦啊？」姚巍山急說：「大師，你可不能不管我啊。」

李衛高笑了笑說：「我李某人怎麼會不管朋友呢？這樣吧，我們重新擺一個風水局好了，就不用地球儀了，改用黃水晶洞，它能聚集財氣，強化你的運程。你等著，我儘快就趕過去。」

姚巍山急急催促說：「那您可要儘快啊，我現在心神不寧，什麼事情都幹不了。」

李衛高說：「行，我一定會以最快的速度趕過去的。」

從姚巍山那兒回到辦公室，胡俊森就打電話給傅華。自從上次傅華提點他之後，他對傅華的印象大好，私下裏經常會找傅華做一些交流。他想讓傅華幫他看看發改委那邊對海川新區要發行的城投債的審批情況。

依照程序，東海省發改委已經將海川新區發行城投債的申請遞交給國家發改委了，正等著國家發改委的審批。

之所以能這麼快，是因為省委書記馮玉清特別的關注這件事，東海省發改委就特事特辦，十分迅速的完成審批手續，在最短的時間裏，相關的審批申請就被遞交給國家發改委，這也算是馮玉清對海川新區的支持行動。

傅華接了電話，他知道胡俊森打這個電話的目的，笑笑說：「胡副市長，您別老催我，我心裏比你還急呢，但是發改委審批有一定的程序，急是急不來的。」

胡俊森不好意思地說：「你多跑幾趟催一下，總會快些的吧？」

傅華無奈地答應道：「真是怕了您了，行，我多跑幾次就是了。」

胡俊森笑說：「你多跑跑吧，我虧不了你的。誒，傅主任，跟你說，今天我跟姚巍山代市長聊起海川新區的情況，他也很支持新區的建設，只是現在他還是個代市長，能幫新區做的不多。」

傅華相信姚巍山這點眼光應該還是有的，一個有能力的幹部不會看不出新區對海川市未來的重要性，便笑笑說：「那恭喜您了，有了姚代市長的支持，新區的工作一定能夠有更大的發展。」

胡俊森興奮地說：「短時間內，姚代市長的支持還很難落到實處，所以現在只能望梅止渴了。不過姚代市長這個人還真是不錯，等回頭你見到他，就會知道他是個難得一見的好領導了。私下跟你說，我個人感覺他比孫守義優秀多了。」

傅華沒想到胡俊森對姚巍山的印象這麼好，看來這個姚巍山還真是有兩把刷子，能讓胡俊森這麼高傲的人折服；同時，傅華從胡俊森的話中注意到了另外一個訊息，說：

「您說回頭我見到他，是不是姚代市長要來北京啊？」

胡俊森回說：「是啊，海川市政府準備搞一個宣傳活動，拍攝一部海川市的形象宣傳片，到時會請名導演和知名演員來拍這部片子，姚代市長親自負責這件事。你想，名導演名演員通常都是聚集在北京，姚代市長要想辦好這件事，不去北京怎麼行啊？所以你要做好接待他的工作。」

傅華聽了，頗為期待地說：「那我就等著看看我們這位代市長究竟是何許人物了。」

胡俊森說：「我對他的印象挺好的，不過，有一點你可能需要注意一下，這位姚代市長似乎不太喜歡別人動他的東西。我今天無意間動了他桌上的地球儀，結果他的臉色瞬間變得很難看，我心裏奇怪，這地球儀不過是個擺件而已，有必要這樣生氣嗎？」

傅華猜測說：「也許對他來說有什麼特殊意義吧？」

胡俊森不明就裡地說：「不過是個地球儀嘛，就是擺著好看的，還能有什麼特殊意義啊？難道他要拿著地球儀研究海川經濟嗎？」

傅華解釋說：「胡副市長，我說的特殊意義不是您想的那種，據我所知，有些研究易學命理的人會把它當做某種有特別意義的物品，如果是這樣，擺放上就有很多講究，因此就不會喜歡別人隨便去動它了。」

「你是說這個地球儀有命理學上的意義？」胡俊森納悶的問。

傅華笑笑說：「這只是我的猜想。」

胡俊森聽了，大感有趣地說：「我會想辦法去驗證一下你猜想的是不是正確的。」

傅華聽了，立即說：「胡副市長，我提醒您的意思，是讓您避免去惹到姚代市長，可不是讓您去驗證什麼的，您要是去驗證，可能就沒意思了。」

傅華覺得胡俊森這個人做事很有衝勁，但是手法不夠圓融，也正是因為這樣，本來被看好的海川市新區才會被搞得舉步維艱，因為胡俊森沒有讓這個很好的規劃得到主要領導的大力支持。

胡俊森卻並沒有在意傅華的提醒，以為這不過是件小事而已，不以為意的笑了笑說：「沒事，傅主任，我知道分寸的。」

傅華卻覺得胡俊森並不清楚分寸在哪裏，如果姚巍山迷信風水的話，對別人隨意動他的風水物就會很忌諱；姚巍山動一次還可以說是無心，再動第

二次的話，就是有意冒犯了，那樣姚巍山一定會對胡俊森產生嫌隙的。

傅華不想胡俊森因為這些小節栽跟頭，覺得還是把話說得明白一點比較好，便正色地提醒他說：「胡副市長，可能您覺得這是件小事，但是在相信這些東西的人眼中，可是很重要的大事，所以我希望您真的知道這件事情的分寸在哪裏。」

胡俊森不以為意地說：「傅主任，你不用這麼緊張吧？好吧，大不了我答應你不去動它就是了。」

李衛高從乾宇市趕過來已經是兩個多小時之後了，這兩個多小時的等待，對姚巍山來說不啻於是熱鍋上的螞蟻一樣的難受。

李衛高到海川後，就打個電話給姚巍山，告訴姚巍山他已經到了，問什麼時間方便讓他進辦公室。

此刻姚巍山已經顧不了要掩飾，就說：「別管那麼多了，你直接來我辦公室就是了。」

放下電話，姚巍山就等著李衛高上門。

過了一會兒，有人敲門，姚巍山以為是李衛高到了，喊了聲進來，沒想到推門進來的卻是海川市公安局的局長姜非，姚巍山這才想起來他約了姜非，要聽取他對海川治安狀況的彙報。

姚巍山只好耐住性子聽姜非的報告，好不容易姜非彙報完，姚巍山說：「行啊，姜局長，情況我都知道了，你把我們市的公安隊伍管理得相當不錯，再接再厲吧。」

講完，姚巍山就站起來示意送客，親自將姜非送到了辦公室門口。開門時，姚巍山看到李衛高已經在外面等候了，就說：「姜局長，我還有客人，就不送你了。」

姜非掃了一眼李衛高，神情怔了一下，因為他感覺眼前這個人似乎在哪裡見過，卻一時間想不起來。

李衛高為了避嫌，見有人看他，趕緊低下頭，不敢跟姜非直視。

姜非就說：「那市長您忙吧，不用管我了。」

姜非離開後，姚巍山衝著李衛高點了下頭，說：「進來吧。」

李衛高就跟著姚巍山進了辦公室，秘書倒上茶，退了出去，將門關上，姚巍山立即站起來說：「大師，你趕緊來看看，自從這地球儀被動了之後，我就渾身的不舒服。」

李衛高笑說：「姚市長，您別急，我既然來了，什麼問題都可以解決的。」

李衛高先把原來那個銅製的地球儀給收了起來，然後從隨身的皮包裏拿出一個黃色的水晶洞，先用羅盤測了測方位，選準方位後，把黃色水晶洞放好位置。

李衛高說道：「好了，這下沒事了，這個水晶洞天然生成，是個聚寶盆，比地球儀更加能壯大您的運勢。」

李衛高的話起到了一個定心丸的作用，姚巍山馬上就感覺懸著的心落到了實處，鬆了口氣，說：「這下好受多了。大師啊，為什麼那個地球儀動了之後，我就會變得渾身難受呢？」

李衛高笑著解釋說：「這與風水有關，風水是什麼呢？用我師父青羊道長的話說：就是讓人身處其中，各方面都感覺很舒服。一個好的風水有利於人體各方面的磁場，在地球儀沒動之前，這個磁場有利於您的運勢，相應的你就感覺舒服；一旦被動了位置，磁場就被改變了，變得不再有利於您的運勢，所以你就不舒服了。說到這裏，您確定動這個地球儀的傢伙不是有意要破壞您的風水局嗎？現在懂風水的人很多，很難說他不是故意裝不懂，來破壞您的風水局的。」

姚巍山搖搖頭說：「我瞭解那個傢伙，他是個直來直去的人，不會動這些歪心思的。」

李衛高聽了說：「那他可能真是無心的，不過有一點您可要注意，這次風水局擺好之後，可要注意不要再被人給破壞了，您要知道這風水局的擺放是強行增強您的運勢，奪天地之造化，如果一再的被破壞，恐怕對您的運勢不但不能增加，反而會有所損害的。」

姚巍山點點頭說：「我知道了，我會嚴加注意的。」

姜非從姚巍山那裏離開後，坐車回公安局。

一路上，他都在琢磨在姚巍山那裏看到的那個男人究竟是誰。刑警的職業敏感告訴他這個人以前他一定打過交道，而且還不止打過一點交道，要不然他也不會覺得這麼眼熟。但是一時間就是想不起來他在什麼地方見過他。

回到辦公室，姜非依然在想這個男人是誰，聽姚巍山跟秘書交代時，說這個男人好像是姓李，在他的印象中，好像並不認識這樣一個姓李的男人。

姜非有心想要去問姚巍山的秘書這個男人究竟叫什麼名字，做什麼的，但是想想還是放棄了，那樣有在調查姚巍山的嫌疑，這是很討人嫌的。因此姜非只能把滿心的疑惑藏在肚子裏，暫且放下想要弄明白這個男人究竟是誰的念頭。

此時，姚巍山和李衛高正聊得十分開心，重新佈置好新的風水局後，姚巍山頓時變得神清氣爽起來，就跟李衛高聊起他要做海川市的形象宣傳片的事，說他想請大導演和名演員來拍攝宣傳片，只是不知道找誰比較合適。他在這方面也沒有什麼人脈資源，不知道怎麼去找。

李衛高聽了，立即說：「這有何難啊，說吧，您理想中的人選是誰，看看我能不能幫您跟他們牽上線。」

姚巍山意外地說：「大師，您不會認識這方面的人吧？」

李衛高吹噓地說：「像尹章、葛凱這些一流的導演，或是楊莉莉、趙欣欣這樣一線的演員，我還認識幾個。誒，您拍這個宣傳片準備在什麼頻道發布啊？」

尹章、葛凱是目前活躍在國內一線的著名導演，拍攝的片子都是動輒幾億的大製作；楊莉莉、趙欣欣則是當前最火的女明星，就連姚巍山的妻子季琪都是這兩人的粉絲。

姚巍山沒想到李衛高居然能調動到這種大卡司，心裏頗感詫異。說：「如果真的能請得動這些人的話，那宣傳片最好是在中央電視臺發，宣傳效果比較好。」

李衛高說：「是啊，這種陣容不但要在中央電視臺發，最好還是在中央一台這樣的主頻道播，這樣聲勢才會造到最大。」

姚巍山煩惱地說：「可是大師，要擠進中央一台去播，不但費用高昂，而且也擠不進去啊。自從中央電視臺採分段競標，搞出幾個標王後，央視的廣告時段就變得炙手可熱，競爭的非常厲害，想擠進去很難的。」

李衛山笑了起來，說：「費用的事情我可能幫不上您什麼忙，但是如果您的費用籌足了，我倒是可以幫您擠進去的。」

「真的嗎？」

姚巍山有點不太相信的看著李衛高，原本他認為李衛高幫他擺風水局，是想借此巴結他這個新科的海川市市長，但現在看來根本就不是這麼回事，李衛高的能力似乎很大，遠超出他的想像。

李衛高透露說：「姚市長，您不要覺得我只是個研究命理的人，其實我浸淫命理這麼多年，透過命理結交了一些好朋友。像尹章、葛凱這些人都跟我稱兄道弟的，楊莉莉和趙欣欣也是經過我的指點才有這麼順的星途，如果我讓他們幫您拍攝宣傳片，我敢保證他們絕不會有二話的。另外，央視的廣告部副主任林洋，我曾經幫他解決過一個極大的難題，讓他幫忙在黃金時段播一條廣告，只要能把費用給足，我想應該問題不大的。」

姚巍山有點半信半疑，看著李衛高說：「如果真是這樣，那大師可就真的幫我大忙了。」

李衛高看姚巍山帶著質疑的表情，說：

「您還是不相信我啊，誒，您既然要親自操作這件事，必然是要去北京走一遭，您看我跟您一起去怎麼樣？我帶您見見我上面提到的朋友，讓他們給您提點具體操作方面的意見如何啊？」

此時姚巍山想要不相信李衛高也很難了，他剛才之所以對李衛高存有疑慮，並不是他懷疑李衛高的為人，而是李衛高所提的這些人檔次都太高了，高到他覺得高不可攀的地步。現在李衛高居然要帶他去見這些人，是真是假馬上就會見分曉，李衛高自然不會蠢到給自己找麻煩的地步，也就是說李衛高是真的認識這些人了。

姚巍山高興地說：「那真是太好了，大師，我發現你真是我的福星啊，自從跟你結識，我做什麼都變得很順利，能遇上你真是我的幸運。」

李衛高笑笑說：「姚市長不要這麼講，我這也是幫朋友忙嘛。」

姚巍山說：「我說的是事實嘛，你等我安排一下海川這邊的工作，回頭我們馬上就去北京拜訪你的朋友。」

當晚，姚巍山就在海川大酒店盛宴招待了李衛高，此時他諸事順遂，就多喝了幾杯，不過因為心情格外的高興，居然沒有醉倒，十分清醒的把李衛高送走了。

第八章

障眼法

高二寶之所以能夠在病人身上割出瘤子來，
其實是玩的障眼法，瘤子是他事先就準備好的，
藏在身上，趁病人不注意從身上掏出來，
裝作是從病人身上割下來的。
那次高二寶騙了病人幾十萬塊錢，因此被判了十年徒刑。

這晚姚巍山睡得格外的香甜，姜非則沒有這麼好運了。姜非這一晚上都沒睡好，原因就是他還在想著他究竟是什麼時候認識李衛高的。

一晚上，他的腦海裏翻來覆去想的都是這個傢伙。直到天快亮，他才迷迷瞪瞪的睡了過去。

「小姜，在忙什麼啊？」刑警老劉頭看著姜非問道。

姜非剛剛才分配到這個刑警中隊，老劉頭是他的同事，資歷很老，隊裏都習慣稱他為「老劉頭」。姜非新來乍到，自然不敢稱呼他為老劉頭，就說：「劉叔，我沒什麼事，您需要我做什麼嗎？」

老劉頭笑笑說：「沒什麼事就別在那閒坐著了，跟我去趟看守所吧，我要提審一個詐騙犯，你去幫我做筆錄。」

「行啊。」姜非答應了下來。

兩人就去了看守所，老劉頭讓看守所的員警提了一個犯人到審訊室來，犯人一被押進審訊室，老劉頭就惡狠狠的站起來，把手裏的案卷猛地往桌上一拍，叫道：「高二寶，你給我老實交代，你是怎麼詐騙錢財的？」

姜非看到老劉頭這個樣子有些好笑，同事們私下議論，老劉頭在刑警隊之所以做了這麼多年還提不起來，與他自身的能力有很大的關係，他不懂得怎麼去誘導犯人招供，只會瞎咋呼，能把犯人的口供咋呼出來，這個案子就算是破了；但是如果咋呼不出來，他就沒招了。

偏偏這個高二寶是個心理素質相當好的人，根本就不把老劉頭的咋呼當回事，冷靜地說：「報告員警同志，我是被冤枉的，我根本就不是騙子，病人給我錢，完全是出於感謝我幫他治好了病。」

老劉頭叫道：「胡說八道，你幫他治好了什麼病啊？他根本就沒病。」

高二寶狡辯說：「報告員警同志，你這麼說就不符合事實了，你問問那個病人，我是不是用手在他身體裏割出了一個那麼大的瘤子？這可是他親眼所見的，我就是這樣幫他治好了病，所以他才給我錢感謝我的。」

老劉頭罵道：「胡說，你用手怎麼可能從他的身體裏割出瘤子來呢？你的手是手術刀嗎？」

高二寶鎮定地說：「報告員警同志，我的手不是手術刀，我是用氣功幫他割出瘤子的。氣功可是有科學依據的，我們國家的健康雜誌專門報導過類似的事，不信，員警同志您可以去翻查這些雜誌就知道了。」

老劉頭看高二寶說得有根有據的，就有些沒招了，看著高二寶半天也沒說出什麼話來。

做筆錄的姜非看老劉頭進行不下去，抬頭看了看高二寶，想要幫老劉頭詢問高二寶，找到案件的突破口。這時姜非才注意到高二寶模樣是那麼的熟悉，一下子從睡夢中醒了過來。

姜非終於想起來那個姓李的男人為什麼看來那麼眼熟了，因為這傢伙就是當年被他和老劉頭審訊過的高二寶，只是那時的高二寶比今天看到的樣子顯得更削瘦一些，也年輕很多，因為他們抓到高二寶是十多年前的事了。

那件案子最後是姜非利用審訊技巧讓高二寶承認了詐騙的事實，高二寶之所以能夠在病人身上割出瘤子來，其實不過是玩的障眼法，瘤子是他事先就準備好的，藏在身上，趁病人不注意從身上掏出來，裝作是從病人身上割下來的罷了。

那次高二寶騙了病人幾十萬塊錢，因此被判了十年徒刑，算是重刑了，算算時間，這傢伙應該早就出獄了。

姜非心中開始納悶了，高二寶這樣一個詐騙犯又是怎麼跟姚巍山建立起聯繫來的呢？他跟姚巍山見面又是要做什麼呢？看姚巍山的樣子，似乎他們要做的事情很神秘，自己要不要跟姚巍山揭露高二寶的真面目呢？

姜非心中有些犯難，他不知道高二寶出現在姚巍山面前有何居心，貿然的去揭穿，會不會讓姚巍山感到尷尬？如果高二寶在姚巍山面前並沒有做什麼違法的事，他揭發高二寶是詐騙犯就有點多事了。

曾經是詐騙犯，不代表一輩子都是詐騙犯，如果人家改過自新了呢？但是不去揭發高二寶，如果他真的故技重施，想騙姚巍山呢？

姜非費了半天的腦筋也沒想出個好辦法來，看看天已經亮了，就洗漱一番上班去了。

想了半天，他決定把這件事跟孫守義彙報一下，看孫守義怎麼辦。就撥打孫守義辦公室的電話，說有事要當面跟孫守義報告。

孫守義聽了吩咐說：「姜局長，你過半個小時再過來，姚市長正在我這裏談事呢。」

姜非答應說：「行，那我半個小時後過去。」

孫守義放下電話，看著對面的姚巍山說：「老姚，你說要去北京找尹章、葛凱這些人，有把握嗎？」

姚巍山興奮地說：「有把握，我有一個朋友跟他們關係很好，他可以幫我牽線搭橋。」

孫守義聽了，也很高興地說：「這些人可都是當前最紅的人物，如果他們能出面幫我們拍形象宣傳片，那可是幫我們海川長臉的好事啊。」

姚巍山說：「這麼說您支持我走這趟北京啦？」

孫守義笑笑說：「當然支持了，我也一直很想讓我們海川在全國人民面前打響知名度的。」

姚巍山說：「不過還有一個難題，就是費用的問題，這些都是一流的卡司，費用自然不會低的。」

孫守義說：「這是一件好事，即使費用高一點，我覺得我們也該去做的。不過，老姚你還是盡力爭取吧，能少花一點是一點，畢竟我們的財政並不寬裕。」

姚巍山點點頭說：「我會盡力爭取的，現在就看我這位朋友在這些人面前有多大的面子了。」

孫守義滿意地說：「很期待你能成功，我很喜歡尹章的作品，正適合拍攝我們海川的形象宣傳片，老姚，最好是能把他請過來。」

姚巍山認同地說：「我也很喜歡尹章的作品，不過他是國內頂尖的大導，能不能答應我們的請求，還真是不好說啊。」

孫守義聽了說：「我也知道有難度，不過能請到尹章，對我們的城市形象本身就是一個提升，你朝著這個方向努力吧。」

姜非到達孫守義辦公室時，姚巍山已經離開了。

孫守義看著他說：「什麼事非得當面跟我說啊？」

姜非沒有直接回答孫守義的問題，先是問道：「孫書記，姚市長來找您是為了什麼事啊？」

孫守義還沉浸在能讓尹章、葛凱、楊莉莉這些大咖來幫海川市拍形象宣傳片的興奮中，笑了一下說：「是一件對我們海川市有利的好事，前幾天姚市長不是說要為海川做宣傳嘛，現在姚市長通過他的一個朋友找到了國內著名的大導演和著名演員，想拜託他們出面為我們海川拍一部宣傳片。如果真能找到這幾個人來幫我們的話，那對海川來說是個很大的提升。真是想不到，姚市長居然還有這麼有能力的朋友啊。」

姜非一聽孫守義這麼說，馬上就覺得這根本就是高二寶在玩的詐騙把戲，便說：「我要跟您彙報的事情，就是與姚市長要辦的這件事有關。」

孫守義有些納悶地說：「姜局長，你這是什麼意思啊？難道你認識姚市長這位朋友？」

姜非說：「我不肯定就是這個人，不過昨天我去姚市長那裏，遇到了一個熟人，這個人是不是就是姚市長所說的那個朋友，我目前還無法肯定。」

孫守義有點被姜非說糊塗了，一臉問號的道：「姜局長，你在說什麼啊，我怎麼聽不懂啊？」

姜非說：「這事說起來還真是有點複雜，您聽我慢慢解釋，就會明白我說的究竟是什麼意思了。」於是將事情的來龍去脈詳細地告訴了孫守義。

聽完，孫守義不禁愣住了，看著姜非說：「姜局長，你先等等，我有沒有聽錯啊，你說來找姚市長的這個人，是個叫做高二寶的詐騙前科犯？」

姜非點點頭說：「您沒聽錯，我說的就是這個意思。」

孫守義用懷疑的口氣說：「你確定嗎？姚市長怎麼會跟一個詐騙的前科犯有聯繫啊？」

姜非苦笑說：「我也覺得很不可思議，但是我認真地回想了當年那個叫做高二寶的人的樣子，確信是他沒錯，那個神態不會錯的。」

孫守義想了想說：「姜局長，你先等一下，我先落實一件事，看這個人究竟是不是來自乾宇市。」

孫守義就拿起電話打給姚巍山的秘書，這個叫做梁明的秘書，是孫守義讓市政府秘書長安排給姚巍山做秘書的。姚巍山算是空降到海川來做這個市長，在海川沒有什麼熟人，也就無可無不可的接受了梁明這個秘書。某種程度上，這等於是孫守義安在姚巍山身邊的眼線。

梁明很快接了電話，說：「孫書記，您找我有什麼指示？」

孫守義說：「小梁啊，說話方便嗎？」

梁明回說：「方便，姚市長不在我面前，您有什麼話儘管說吧。」

孫守義說：「有件事我想跟你落實一下，昨天姚市長接待了一個姓李的客人，你知道這個客人是來自什麼地方的嗎？」

梁明想了想說：「是來自乾宇市，名字叫做李衛高。」

孫守義又問道：「那昨天姚市長還見過別的來自乾宇市的客人嗎？」

梁明說：「沒有，昨天就那個姓李的客人是來自乾宇市的。」

孫守義說：「那你知不知道姚市長都跟這位客人聊些什麼啊？」

梁明說：「在辦公室裏面聊的內容我不知道，不過昨天晚上姚市長宴請這位姓李的朋友，在酒宴上聊了關於去北京見什麼大導演、大明星的事。」

放下電話後，孫守義神情變得嚴肅起來，對姜非說：

「姚市長的朋友，應該就是你說的那個叫做高二寶的人，不過現在他改了名字，叫做李衛高。」

姜非說：「既然可以確定是這個人，那他跟姚市長說的事很可能就是一個騙局，您看是不是提醒一下姚市長啊？」

孫守義眉頭皺了起來，要不要提醒姚巍山，他很是為難。這倒不是他想眼看著姚巍山跳進去，而是實在很難啟口。

按常理來說，他應該通知姚巍山一聲，但是姚巍山一心想拿這件事來出風頭，這時候你去告訴他這只是場騙局，姚巍山會怎麼想？他會接受嗎？肯定不會。說不定會認為自己這麼做根本是想掃他的面子，給他一個下馬威。

再有，姜非只是基於李衛高曾經是個詐騙犯，卻沒有確鑿的事實依據證明這次李衛高也是詐騙，說不定他真的是能幫上忙呢?!那他的提醒就有些尷尬了。他不得不謹慎處理，萬一處理不當，馬上就會在他和姚巍山之間產生嫌隙。

他看了看姜非，說：「姜局長啊，你有能證明這個高二寶是來詐騙姚市長的證據嗎？」

姜非說：「這倒沒有，不過這個高二寶應該是個詐騙犯，這是絕對不會錯的。」

孫守義聽了說：「姜局長，你這話就說得不專業了，你也是老刑警，該知道辦案子是不能拿『應該』來說話的。」

姜非犯難地說：「那您說我應該怎麼辦呢？難道就這樣看著，什麼都不做？」

孫守義有些不滿地說：「姜局長，到底你是公安局長還是我是公安局長啊？對這種只有懷疑卻沒證據的案子要怎麼辦，還要我來教你嗎？該怎麼辦就怎麼辦，不要因為這件事牽涉到姚市長就亂了陣腳了。」

姜非點點頭說：「您批評的是，我是有點緊張過度了，我會持續注意這件事的，一旦有什麼不對的跡象，馬上就把這個李衛高給控制起來。」

孫守義表情嚴肅地說：「我勸你還是慎重些，姜局長，有個問題你想過沒有。」

姜非不解地說：「什麼問題啊？」

孫守義說：「不管這個人是李衛高也好，是高二寶也好，他是怎麼取信姚市長的？難道說他是空口白話，說認識尹章、葛凱這些人，姚市長就會相信他了？換到你身上，你會相信嗎？」

姜非立即說：「那我肯定是不信的。」

孫守義分析說：「這不就結了嗎？姚市長那個人可是很精明的，這個人能讓他相信，必然是有能取信於他的地方。所以啊，你關注這件事情可以，但是絕對不能貿然行動。這樣吧，回頭我會交代一下梁明，讓他多注意一下這個李衛高，有什麼不對勁的地方，及時向你反映，然後你再根據情況採取相應的措施。」

孫守義所說的這個安排，的確是目前能夠採取的比較恰當的辦法，姜非就點點頭說：「行，孫書記，我就按照您的指示辦。」

隔一天，姚巍山就和李衛高等人飛往北京，傅華把他們接到海川大廈住下。對李衛高，姚巍山只是跟傅華介紹說是他的朋友，這次來北京是來幫忙他辦事的，讓傅華安排好李先生的住宿。

姚巍山這麼交代了，傅華自然不好怠慢李衛高，給李衛高開了一個豪華套間住下。李衛高這個人胖乎乎的，看上去也很和善，還對傅華的安排表示了感謝。

安排好李衛高後，傅華又去見了姚巍山，這是姚巍山出任海川市代市長後，第一次蒞臨海川市駐京辦，常規上，傅華應該向這個新科的海川市代市長彙報一下駐京辦的工作。

進了姚巍山的房間後，傅華說：「姚市長，您的朋友我已經安排好了，你還有什麼別的指示嗎？」

姚巍山看上去精神不錯，笑笑說：「你把他安排好就行，我沒什麼別的指示。傅主任，我在乾宇市的時候，就聽說過不少關於你的光榮事蹟，你為海川市的招商引資工作做了不少的貢獻啊。」

傅華笑笑說：「您太誇獎了，其實也沒什麼，我不過是做了我分內的工作罷了。」

姚巍山稱讚說：「現在的官員能做好分內的工作就很不錯了。誒，傅主任，今後我們就是同事了，希望你多多支持我的工作啊。」

姚巍山在傅華面前把身架放得很低，但是傅華卻不敢因此就在姚巍山面前放肆，就笑了笑說：「您太客氣了，您是市長，我是您的下屬，應該做好您交代下來的工作的。」

姚巍山親切地說：「不要去分什麼領導下屬的，大家都是在為組織工作，只有共同努力才能做好海川的工作。」

傅華看姚巍山談話的興致很高，就說：「誒，市長，您如果不累的話，我想向您彙報一下駐京辦的工作。」

姚巍山點了點頭說：「你說吧。」

傅華就把駐京辦的工作情形和近況跟姚巍山作了彙報，姚巍山聽完，很滿意地說：「不錯啊，傅主任，你們的工作取得了不菲的成績，很好。希望你們繼續努力，為海川做出更大的貢獻。」

傅華看工作也彙報完了，就告辭了。

出了姚巍山的房間後，傅華把羅雨和林東叫到自己的辦公室，吩咐說：「老林、小羅，這是姚市長第一次來駐京辦，我們絕對不能掉以輕心。」

交代完，傅華就讓羅雨和林東出去做事了。他則是坐在那裏開始思索姚巍山這個人。

表面上看，姚巍山很平易近人，一點架子都沒有，但是傅華可以感覺得到姚巍山和孫守義和金達有很大的不同。孫守義的個性有些四海，行為舉止有一種仗義感；金達則是帶有知識分子的拘謹。

而姚巍山表面熱情的面孔下，傅華卻有一種被疏離的感覺，姚巍山笑意滿臉的同時，眼神卻很冷，顯然他不是一個表裡如一的人，他還真得要小心應對才行。

至於姚巍山帶來的這個胖胖的李衛高，傅華除了覺得他身上有些江湖氣之外，看不出有什麼特別之處。但是到了傍晚，傅華就感受到這個看似很普通的傢伙不普通的地方了。

羅雨打電話給他，興奮地說：「傅主任，您猜誰來我們酒店了？」

北京因為是全國的政治經濟和文化重心，人才雲集，很容易在這裏見到大人物，因此傅華不以為意的隨口說著：「誰啊，讓你這麼大驚小怪的？」

羅雨一副愛慕的口吻說：「就是那個趙欣欣啊，時下最火的電視劇《你究竟愛誰》的女主角，大廳那幾個櫃臺接待小姐看到她簡直高興壞了，正跟她要簽名呢。」

傅華對這些演藝人員並不感到興奮，納悶地說：「趙欣欣來幹什麼？不會是要入住我們海川大廈吧？」

羅雨說：「她是來見一個人的，就是姚市長帶來的那位客人。」

傅華沒想到趙欣欣竟然是來見李衛高的，不過他也沒感到特別的驚訝，就吩咐說：「小羅，你跟樓下大廳的人說一聲，要簽名可以，但是別耽誤了工作。」

羅雨說：「行，我會跟她們說的。」

結束跟羅雨的通話後，傅華看看到了吃晚飯的時間，就打電話去姚巍山的房間，問姚巍山晚餐想怎麼安排。

姚巍山說：「你等一下，我問問李先生晚上這頓飯要怎麼吃。」

過了一會兒，姚巍山回電話說：「傅主任，晚餐你就不用安排了，趙欣欣小姐邀請我和李先生出去吃飯。誒，你也參加吧，多帶上點錢，我和李先生這次來北京，是想請趙小姐為我們海川市拍宣傳片的，既然有求於人家，總不好再讓人家花錢請客，到時候你看看把單給結了。」

這時候傅華才感覺到這個李衛高的面子還真不小，本來是求人辦事的，但是被求的人不但不端架子，還請客為李衛高接風，看來李衛高還真是有兩下子。

至於由駐京辦買單，傅華也覺得是應該的，趙欣欣如果真的答應幫海川拍宣傳片，借由她的名氣和目前的火紅聲勢，海川的知名度一定能夠大增，為此駐京辦就算花頓飯錢也很值得，便一口應承下來。

趙欣欣將接風宴安排在一家五星級大酒店的中餐廳，點的都是酒店的招牌菜，極為豐盛。

李衛高客氣地說：「欣欣啊，隨便吃就可以了，不用這麼隆重的。」

趙欣欣卻說：「要的要的，您難得來北京一趟，我再不好好招待您，就不應該了。」

傅華感覺趙欣欣的態度多少帶著一些巴結的意味，這可與娛樂新聞對趙欣欣的報導大相徑庭。最新一期的娛樂週刊中，便報導了趙欣欣在一場代言活動中耍大牌，因記者問的問題犯了她的禁忌，便直接就掉頭走人，完全不留情面，哪像在李衛高面前這麼乖巧啊。

傅華十分好奇李衛高是怎麼把趙欣欣這個大明星搞得這麼熨貼的?!單衝著趙欣欣這個態度，傅華相信趙欣欣肯定會答應幫海川市拍這個片子的。

飯吃到一半的時候，李衛高的電話響了起來，他接通後，笑著說：「莉莉啊，怎麼你不在北京啊？」

楊莉莉說：「是啊，李先生，我在橫店拍戲呢，剛才你打電話來時，我正在拍一場武打戲，身上吊著鋼絲，所以沒能接您的電話，真是對不起啊。」

李衛高笑說：「對不起什麼啊，那種情形誰也不能接電話的。你在橫店還要待多久長時間啊？」

楊莉莉回說：「最少還要一個月吧，李先生，我可要說您啊，要來北京也不事先說一聲，不然我就請假回北京等您了。現在可好，我這邊戲拍得熱火朝天，一時半會兒走不開呢。」

李衛高解釋說：「我這次是幫朋友的忙，臨時起意來北京的，所以就沒事先跟你說。你回不來也無所謂啊。」

楊莉莉笑笑說：「怎麼能無所謂呢，我可是很想見到您的，有些事情還想向您當面請教呢。」

李衛高說：「我們總是有見面機會的，回頭等你有時間了，我再來一趟北京也可以的。」

楊莉莉聽了，高興地說：「這可是您答應我的，到時候可別賴賬啊！」

李衛高爽快地答應：「那怎麼會，我都這麼大的人了，不會賴賬的。」

楊莉莉說：「那行，李先生，下一場戲馬上要開拍了，我不能跟您聊了，您說的那個宣傳片好說，回頭讓他們跟我的經紀公司談一下就行了。」

李衛高說：「行行，那你去忙吧。」就掛了電話。

這邊趙欣欣扁了一下嘴，撒嬌的說：「李先生，你就是偏心，對楊莉莉總是比對我好，還答應她專門來北京見她，你什麼時候也能這麼對我啊？」

傅華這才知道剛才跟李衛高聊了半天的莉莉，居然是時下當紅的影視雙棲紅星楊莉莉，她最新的《戀愛進行式》電影正在全國院線放映，票房大賣，楊莉莉也因為這部電影炙手可熱。

李衛高安撫說：「欣欣，你這話說的就沒良心了吧，我對你怎麼樣你難道不清楚嗎？我跟你說，我給你的那個幸運符是用我的食指刺出來的鮮血寫的，可見我對你下了多少心力。」

趙欣欣卻嘟著嘴說：「可是我的星運總是沒有楊莉莉的好，她就可以影視雙棲，我為什麼就只能在電視圈裏面打滾啊？人家自然會懷疑你對她偏心多一點了。」

李衛高搖搖頭，笑說：「欣欣，這個你就不能怪我了，人和人的底子不一樣，就好像一個人生在貧困家庭，而另一個人生在大富之家，生在貧困之家的人就是費盡了畢生的努力，也不一定能趕上那個大富之家的人擁有的財富的。」

趙欣欣撒著嬌說：「我不要嘛，你這麼說，是說我這輩子的星運都趕不上楊莉莉的了？」

李衛高趕忙說：「我不是這個意思，只是打個比方而已，不是說你就一定趕不上楊莉莉的。」

趙欣欣搖著李衛高的胳膊說：「我不嘛，我要你現在就幫我趕上她的星運，你一定有辦法的，是吧？」

李衛高猶疑了一下，說：「這個，欣欣啊，這個並不是太好辦的。」

趙欣欣聽了，眼睛一亮說：「不是太好辦，也就是說還是有辦法可以辦到了?!李先生，我知道你是有大本事的人，當年我還是一個跑龍套的小腳色的時候，你就一眼看出我能夠成為大明星，幾年下來，我現在在演藝圈也算是小有地位了，這也證明你當初真是眼光獨到，所以今天你一定要想辦法幫我一下。」

李衛高低調地說：「欣欣，我跟你說過多少次了，你能成為大明星那是你的運氣到了，這可不是我的功勞。」

「我說是你的功勞就是你的功勞，」趙欣欣執著地說：「李先生，跟你說實話，在你之前，我也找過一些名家看過，他們都沒看出我能有今天這種成就，所以我心裏最相信你了。今天說什麼你都要幫我，不然我是不會放你離開的。」

李衛高開玩笑說：「那樣豈不是你吃虧了，你這樣一個千嬌百媚的美女賴在我身邊，對我來說是一種享受，我求之不得的。」

李衛高說趙欣欣是千嬌百媚的美女倒是一點也沒說謊，趙欣欣模樣身材都是一流，身上又有一種天生的嬌媚氣息，難怪能成為受人喜愛的紅星。

趙欣欣嬌嗔道：「不來了，李先生，你這是在取笑我了，你這樣可是有點壞哦。你就幫幫我吧。」

傅華看到趙欣欣幾乎是黏在李衛高身上，一副李衛高不答應她絕不肯甘休的樣子十分驚訝，這個李衛高究竟有什麼本事讓趙欣欣這麼相信呢？同時，傅華也看出這個李衛高絕對是個色鬼，因為李衛高似乎很享受趙欣欣依偎著他的樣子，任由趙欣欣往他身上黏糊。

從趙欣欣和李衛高的對話，傅華大致可以判斷出李衛高的職業是什麼了，他應該是個出名的算命師，因為趙欣欣說李衛高幫她看過星運，而且預測準確，所以趙欣欣才會這麼信賴他。

這時，姚巍山在一旁幫腔說：「李先生，你就幫幫趙小姐吧，這樣一個我見猶憐的美女求你，你怎麼能硬下心腸拒絕啊？」

趙欣欣對姚巍山媚笑了一下，說：「謝謝姚市長幫我說話，李先生，你看姚市長都幫我說話了，你就幫我這次忙吧。」

李衛高為難地說：「姚市長，你不懂的，你一句話倒是輕巧，我卻可能要耗損不小的精元才能幫到欣欣，這對我的身體會有很大的傷害的。」

姚巍山仍然不放棄地遊說道：「李先生，這我就要說你了，你是個男人誒，欣欣小姐這麼求你，你是不是應該展現出一點英雄氣概啊？」

李衛高打趣說：「誒，姚市長，你這可是有點見色忘友了吧。」

姚巍山笑說：「我這可不是見色忘友，而是希望欣欣小姐能幫我們海川市拍這部宣傳片，這是為了我們海川市的公事，所以這是公而忘私才對。」

趙欣欣甜笑著說：「姚市長，謝謝了，如果李先生肯因為你幫我求情，就真的幫我助長星運，我一定會幫你們海川市拍這部宣傳片的，不收酬勞都可以。」

姚巍山便轉頭對李衛高說：「李先生，欣欣小姐把話都說到這份上了，今天不管怎麼說，你一定要幫這個忙了，否則我第一個不答應的。」

李衛高無奈地攤了攤手說：「也罷，怕了你們倆了。」說著，左手的手指掐了掐，似乎算出些什麼，然後閉上眼睛想了一會兒，這才說道：「我剛才推算了一番，也該是到了欣欣你走大運的年頭了，好吧，我就拼著耗損自身的功力，成就你一下吧。」

「真的嗎？你真是太棒啦！」說著，趙欣欣情不自禁地捧過李衛高的腦袋，就在他臉上狠狠地親了一下，說：「太謝謝你了，李先生。」

姚巍山艷羡地說：「李先生，就衝欣欣小姐的這個香吻，也值得你辛苦一番了。」

李衛高笑說：「好吧，欣欣，我現在運功在你身上，試試看能不能把你的星運往上提升一下，不過我可先聲明啊，我做這個不是每一次都能成功的，能不能成功要看老天爺許不許你這個好運了。現在你閉上眼睛，挺直腰板坐好，我要運功到你身上了。」

第九章

花花轎子人抬人

李衛高笑說：「姚市長，客氣的話就不要說了。我李某人能有今天，也是朋友們捧場的緣故。花花轎子人抬人，人和人之間就是應該相互抬舉才對的。」

姚巍山頻頻點頭說：「李先生這話說的太有哲理了。」

趙欣欣就聽話的挺直了腰板，閉著眼睛坐在那裏，李衛高則從座位上站起來，走到趙欣欣的身後，馬步一紮，雙手下垂，閉目運神了一會兒，然後雙手合起用力地搓動著。

搓了幾分鐘之後，李衛高嘴裏發出哼哈的聲音，似乎是很用力的樣子，雙手最後猛力的一搓分開，一個令人驚訝的景象就出現在傅華和姚巍山等人的面前，李衛高左手手心居然出現了一朵藍色的火焰。

火焰在李衛高的手心中一跳一跳的竄動著，發出了藍藍的幽光。

就在傅華等人錯愕之際，姚巍山喊了一聲「喝！」，將手心的火焰朝著趙欣欣的後心猛地一拍，似乎是想把藍色火焰拍進趙欣欣的後心裏。

就在人們還在擔心藍色火焰可能點燃趙欣欣衣服的時候，藍色火焰在接觸到趙欣欣後心的那一剎那熄滅了，並沒有真的點燃趙欣欣的衣服。

李衛高長出了一口氣，說了聲：「好了，幸不辱命。欣欣，你可以睜開眼睛了。」

趙欣欣這才睜開眼睛，看了看李衛高，納悶地說：「李先生，你對我做了什麼？」

姚巍山搶著幫李衛高回答：「欣欣小姐，剛才真是太神奇了，李先生用他的功力，在他掌心裏點燃了一朵藍色的火焰，然後將這朵藍色火焰拍進了你的身體裏。」

李衛高這時坐回到座位上，伸手擦了一下額頭的汗珠，語氣虛弱地說：「欣欣啊，姚市長剛才看到的藍色火焰，那是我本命的三昧真火，我將它拍進你的體內，是想用我的本命真火助燃你的心火。心火是生命的源泉，心火旺運勢才能旺，現在你的心火得我的三昧真火幫助，一定會大旺的，相應的你的運勢也會大旺，今後你在演藝圈的發展不會弱於楊莉莉的，甚至還要超過她。」

「是嗎？」趙欣欣高興地說道：「那真是太好了，我今後不會再覺得低楊莉莉一頭了。」

李衛高故意抱怨說：「你是高興了，可是我就慘了，我剛才耗費精力太大，恐怕要回去修煉半年才會復原的。」

趙欣欣就又捧起了李衛高的腦袋親了他一下，嬌聲說：「真是太感謝你了，李先生。」

李衛高特別交代說：「不用感謝這麼多了，我還是那句話，這主要是你的時運到了，我只不過是起了一個輔助的作用罷了。誒，還有一件事啊，今天在這裏發生的事，千萬不能洩露給你演藝圈的朋友，我剛才運的這種功對人體的耗損太大，運一次半年內不能再用，所以我不希望有人再來找我運用這種功。」

趙欣欣連連點頭說：「我發誓，一定不會對別人講的。」

李衛高又看了看姚巍山的秘書梁明和傅華，笑說：「梁秘書、傅主任，我剛才的行為有一點驚世駭俗，我不想因此招來一些不必要的麻煩，也希望你們二位能夠為我保守這個秘密。」

梁明今天見到趙欣欣的時候，早就神魂顛倒了，他也是趙欣欣的粉絲，對李衛高能夠跟趙欣欣這麼熟，簡直是崇拜到了不行，再加上李衛高剛才神乎其技的表演，對李衛高已是深信不疑了，聞言連連點頭說：「李先生您放心，我一定會嚴格保守這個秘密。」

傅華也表示會保守這個秘密，這倒不是說他跟梁明一樣，也相信李衛高玩的這些把戲，他壓根就不相信李衛高所說的什麼三昧真火之類的鬼話。

說穿了，這個把戲其實很簡單，初級的物理知識就可以解釋清楚。李衛高手心燃起的火焰，其實並不是平常看到的那種火，而是一種燃點很低的物質，比如紅磷白磷之類的東西，大約四十度左右就足夠起燃了。因此李衛高掌心冒出的火焰，溫度並不高，也不會灼傷李衛高。

其實這不過是一種移花接木的把戲而已。利用的就是人們對此的誤解。

傅華明知李衛高玩的是假把戲，卻沒有拆穿他，裏面自然是顧忌姚巍山的原故。這種低級的把戲姚巍山都看不出來，顯得他這個市長似乎有些弱智，所以傅華如果拆穿了，姚巍山的面子就下不來了。因此傅華不能顯出他比別人聰明，這個時候只能眾人皆醉他也醉了。

李衛高交代完，還想繼續說些什麼，這時他的手機再次響了起來。

看到號碼，李衛高的臉上露出了興奮的笑容，他對姚巍山說：「這個電話是國土部關偉達部長打來的，他跟我關係相當好，可能是知道我到北京了，所以打電話跟我聯絡。」

李衛高說這個電話是國土部的關部長打來的，把傅華嚇了一跳，李衛高居然跟關偉達也有聯繫，他曾通過關偉達擺了海川市一道，很擔心關偉達會把這件事跟姚巍山洩露出去。

李衛高在酒桌上接通了關偉達的電話，說：「您好關部長，您消息真靈通，我剛到北京，您的電話就打來了。」

關偉傳並沒有跟李衛高嘻嘻哈哈的扯閒，而是語氣沉重的說道：「我是聽楊莉莉告訴我你來北京了，你現在在什麼地方，說話方便嗎？」

李衛高感覺到關偉傳語氣嚴肅，看來關偉傳恐怕是遇到了什麼難題才打這個電話來的，便說：「您等一下，我出去再跟您聊。」就出了包廂。

過了好一會兒，李衛高才回到包廂，說：「關部長的老父親身體有恙，想讓我通過手機運功給他治病，我無法拒絕，只好硬著頭皮幫他，這又費了我不少的精元啊。」

傅華感覺李衛高是在撒謊，為父親治病是孝心，為何還會怕人知道？這是第一個說不通的地方；二來，李衛高的說法自相矛盾，他自己說運功後，半年時間無法再度施行，怎麼一轉眼又能為關偉傳的父親運功治病了，而且還是透過手機這種匪夷所思的方式治病。

傅華猜測關偉傳一定是遇到了某個難關，才會找李衛高幫他解決。

傅華並不關心關偉傳有什麼事，他關心的是關偉傳與胡瑜非關係緊密，怕關偉傳的事會牽連到胡瑜非身上。

有了關偉傳這個插曲，李衛高就有點疲憊，打不起精神，他是這個晚宴的核心人物，他打不起精神來，晚宴的氣氛就有點沉悶，於是匆匆就結束了。結束之後，趙欣欣就跟李衛高告辭，開著她的車離開了。傅華則是把姚巍山李衛高這些人送回了海川大廈。

安排好一行人後，傅華就想回家，這時，姚巍山說：「傅主任，你先別急著走，我有話跟你說。」

傅華只好留下來，看著姚巍山說：「姚市長，您還有什麼指示嗎？」

姚巍山笑笑說：「不是什麼指示，而是有件事情需要跟你解釋一下。」

傅華心說：這傢伙要跟我解釋什麼啊？犯得著嗎？大半夜的，又睏又累，他怎麼都不懂得為人著想啊。

傅華納悶地說：「市長，我不明白您的意思。」

姚巍山笑笑說：「是這樣的，今天你也看到了，李先生做了一些玄乎其玄的行為，我不能確定它是真是假，我能確定的只有一點，我跟他只是朋友，我們的友誼跟他這些行為是無關的，是他主動提出要幫我來北京聯絡一些大明星和導演的，你明白我的意思嗎？」

傅華大致上明白了姚巍山想要表達的意思，李衛高做的這些行為帶有迷信色彩，姚巍山是怕受其牽連，妨礙了他的代市長轉正，所以才會特別在傅華面前撇清的。

傅華當然不相信姚巍山所說的鬼話，從地球儀那件風水物上，傅華就知道姚巍山一定相信這些。這傢伙還真是陽一套陰一套，雙面人啊。

傅華說：「我明白您的意思了，就是說李先生的行為完全是個人行為，與您無關。」

姚巍山點點頭說：「對對，我就是這個意思。行了，你也累了一天，早點回去休息吧。」

第二天，傅華打電話給胡瑜非，胡瑜非聽傅華講李衛高透過手機給關偉傳父親治病的事，笑了起來，說：「這不是扯淡嗎？關偉傳的父親早就不在了，這傢伙難不成去為鬼治病啊？這個關偉傳也是的，怎麼相信這些怪力亂神的東西啊。」

傅華說：「胡叔，我擔心的是關偉傳做了什麼上不了臺面的事，無法跟人說，只好求助於鬼神。」

胡瑜非沉吟了一會兒，說：「這倒是有可能，外面風傳他在進國土部前，做了不少不該做的事，現在看來，這些傳聞很可能是真的了。」

傅華笑說：「那胡叔你是不是做一點防備，避免被他牽連上。」

胡瑜非聽了說：「我沒事。我想關偉傳如果真的有事，他也不敢隨便亂牽扯的，你放心好了。」

胡瑜非這話表達了兩層意思，一是胡瑜非本身沒有問題；二是關偉傳即使有事，他也不敢往胡家身上扯的。

傅華想想也是，胡家很可能是關偉傳最後一根救命稻草，只有胡家沒事，才會有人幫他解脫罪責，因此關偉傳如果夠聰明的話，絕不會瞎牽扯胡家的。

傅華笑說：「胡叔，看來是我多慮了。」

胡瑜非感激地說：「話不能這麼說，傅華，我知道你這麼做完全是出於關心我們胡家，我為我們胡家能有你這樣的朋友感到慶幸，謝謝。」

傅華笑了一下說：「胡叔，您這麼說可就太見外了。好了，我還要趕去駐京辦上班，就不跟您聊了。」

傅華去了駐京辦，姚巍山安排上午的行程是去醫院看望金達。

金達看到有人去醫院探望他，顯得十分高興，他顫抖地握著姚巍山的手，費勁地說道：「老姚啊，謝謝，謝謝你能來，能來看我。」

姚巍山看金達激動成這個樣子，他很能理解金達現在的心情，他窩在乾宇市市委副書記的位置上動彈不得的時候，對每個主動來跟他親近的人，都是心存感激的，而眼下金達在醫院的狀況比他還要淒慘。

姚巍山用力的握了握金達的手，說：「金書記啊，好好治療，有什麼要求就跟傅主任說，市裏一定會盡力滿足您的需求的。」

金達扭頭看了看傅華，說：「我在北京治病的這段期間，傅主任幫了我很大的忙，我是要感謝他的。」

傅華謙虛地說：「金書記，您太客氣了，您在北京治病，駐京辦為你服務也是應該的。」

姚巍山饒有興趣的看了看傅華，他對傅華和金達間的關係早有所耳聞，對於傅華跟金達的糾葛，站在一個領導的立場上看，姚巍山對傅華的所作所為很反感；但是在官場上，認的不是誰的級別高，而是誰的實力雄厚。

傅華能把金達這個在任的市委書記搞垮，還能毫髮無損的脫身，就這一點來說，實力絕對不容小覷。姚巍山此刻正需要廣結善緣，因此對傅華這種實力雄厚的海川本土人物，他需要禮敬三分，這也是為什麼他來北京後，對傅華一直很客氣的原因。

姚巍山說：「傅主任，照顧好金書記，確實是現在你們駐京辦應盡的職責，不過看金書記對你的滿意程度，說明這項工作你們駐京辦做得很出色，這應該表揚，也希望你再接再厲，繼續照顧好金書記。」

傅華說：「姚市長請放心，我會盡職盡責的。」

出了病房後，姚巍山對傅華說：「傅主任，昨天太匆忙，有件事我沒跟你落實，我記得好像國土部點名批評過我們海川市，是吧？」

傅華看了看姚巍山，想從姚巍山的臉上看出姚巍山是不是故意來問他這件事的，見姚巍山的臉色如常，傅華看不出什麼刻意的痕跡，便說：「是有這麼件事，因為海平區白灘那裏違規建了一個高爾夫球場，國土部為此批評了我們海川。市長，您問起這個有什麼事嗎？」

姚巍山笑笑說：「也沒什麼，就是昨天國土部的關部長不是打電話給李先生嗎？我就想是不是讓李先生介紹我跟關部長接觸一下，好緩解一下國土部和海川之間這種僵硬的關係。」

說到這裏，姚巍山直直地看著傅華，說：「傅主任，你覺得我這麼做應不應該啊？」

中國人說話時不喜歡像老外一樣眼神直視對方，通常直視的時候，往往是想要窺探對方心裏究竟在想什麼，傅華此刻的感覺就是這樣，姚巍山問他應不應該，並不是想要詢問他的意見，而是想要窺探他的心裏是怎麼看這件事的。

傅華就說：「姚市長，看您這話問的，應不應該是領導們的判斷，這個可不是我能做的主。」

姚巍山笑了一下，他對傅華的回答還算滿意，心說這傢伙總算還知道分寸。便說：「我不是想要你幫我下結論，而是想問一下你對這件事的看法，這個總可以說吧？」

傅華覺得姚巍山說這話有試探他的意思，大概是想看看他對國土部的影響力究竟有多大，又是做了什麼，才讓國土部罕見的點名批評海川市。

傅華很平淡的說：「姚市長，您是要問我的意見啊，我的意見很簡單，既然您有這個機會可以跟關偉傳部長接觸，那何樂而不為呢？跟國土部建立起良好的關係。對我們海川市今後的發展可是大大有利的。」

看傅華沒有絲毫顧忌的建議他去跟關偉傳接觸，姚巍山的心在往下沉，傅華敢這麼做，可能性只有兩個，一是國土部點名評批評海川的事與傅華無關，所以他才問心無愧的讓自己去跟關偉傳見面；而另一個可能，就是傅華在國土部找的人就是關偉傳，所以他才會毫不擔心讓他去接觸關偉傳，因為關偉傳一定不會洩露傅華的底的。

姚巍山覺得後一種可能性最大，也就是說，傅華這個小小的駐京辦主任居然可以影響一個部長的決定，這個能力比搞垮金達這個市委書記還大。姚巍山心中不由得越發對傅華警惕起來，暗下決心，不是萬不得已，他還是不要去招惹傅華這個傢伙吧。

姚巍山笑笑說：「傅主任，你的意見很有道理，回頭我就跟李先生說一聲，看看他能不能幫忙讓我見見關部長。如果可以的話，你到時候就跟我一起去好了，認識了關部長，今後你跟國土部的溝通也會方便些。」

傅華感覺姚巍山這麼說還是在試探他跟關偉傳究竟有沒有聯繫，就說：「那太好了，駐京辦今後在國土部的工作就越發好開展了。」

兩人就上了車，這時姚巍山的手機響了，是李衛高打來的，李衛高說：「姚市長，你準備一下，晚上葛凱要宴請我們。」

姚巍山聽了，說：「李先生，你說葛凱要宴請我們，那尹章呢？」

尹章和葛凱在國內都是頂尖的大導演，算是旗鼓相當，但是兩強之間也會有強弱之差。目前尹章在國內的名氣稍盛一些，而葛凱則因為最近接連幾部大製作都反響平平，比起尹章就失色了很多。

本來嘛，就算是能請到葛凱也是一件很風光的事了，但人心是不會滿足的，現在李衛高展現他強大的影響力，讓姚巍山感覺他有了選擇的機會，既然多了個選擇機會，他自然是想選擇最好的尹章了。

李衛高說：「尹章現在人也在北京，不過這傢伙最近架子大了起來，沒有立即答應我見面，說要看經紀人的安排再說，所以我現在無法跟你說什麼時候能夠見到尹章。」

姚巍山未免有點失望，只好喔了一聲，說：「原來是這樣啊。」

李衛高是什麼人啊，姚巍山的失望自然都在他的意料中，便笑了一下說：「姚市長，你不用擔心，我保證你能見到尹章就是了。現在這樣也好，本來我還擔心這倆人都要來見我的話，我要怎麼錯開他們呢？」

姚巍山愣了一下，說：「為什麼要錯開他們啊？」

李衛高解釋說：「你不知道，這倆人可是國內影視圈的大腕，向來是王不見王，強行把他們安排在一起，會搞得大家都不自在的。尤其是葛凱，最近的電影票房很不得意，牢騷滿腹，剛才跟我通電話的時候，還跟我說尹章最近的作品糟得一塌糊塗，偏偏狗屎運，票房大賣，真不知道國內的觀眾吃錯了什麼藥，越糟越愛看，真是讓他搞不懂。」

姚巍山聽了，不禁說道：「想不到這兩個人相互間還有這種心結啊。」

李衛高說：「既生瑜何生亮，同行間自然是相互嫉妒的。」

姚巍山說：「尹章應該會大度些吧，我看過電視上對尹章的訪談，記者問他對葛凱作品的看法，他都是滿口的讚譽之詞。」

李衛高笑了起來，說：「這你也信啊？他現在是贏家，讚譽一下不如自己的輸家，是一種風度的表現。其實在以前，葛凱比尹章名頭響，那時候尹章在我面前是怎麼評價葛凱的，你知道嗎？」

姚巍山笑了笑說：「怎麼評價的？」

李衛高說：「他說葛凱就拍了一部《舞臺春秋》，因為這部電影在國際上獲了獎，暴得大名，然後就江郎才盡，再也沒出什麼好作品了，大半輩子都在都靠這部作品在影藝圈混飯吃。」

姚巍山咋舌說：「這話說得可是有點惡毒，不過葛凱也確實是就那部作品能拿得出手，尹章倒也沒說錯。所以李先生，如果能請到尹章的話，我們還是請尹章做我們這部片子的導演吧。」

李衛高很有把握地說：「什麼叫做能夠請到，我發話他肯定是要來的。我是不太想跟他計較，他現在也算是有頭有臉的人，還被人稱作什麼大師，我不想讓他下不來台，不過，如果你堅持要他的話，行啊，我讓他回頭來見你就是了。」

「你確定嗎？」姚巍山不敢置信地道。

李衛高說：「你等著見他就是了。不過姚市長，我希望你給我個面子，今晚見葛凱的時候，對他尊重一點。我這人向來是別人敬我一尺，我敬別人一丈的。我也是靠這個才交了這麼多朋友的。葛凱知道我來北京，馬上就安排給我接風洗塵，這份情誼我是要領的。」

姚巍山聽出李衛高對尹章不肯馬上來見他有些不滿，禮遇葛凱可能也是要做給尹章看的，就笑說：「李先生，這不用你交代，對你的客人我敢不尊重嗎？」

結束了跟李衛高的通話，姚巍山對傅華興奮的說：「傅主任，我們今晚可以見到葛凱了，這次拖著李先生進京還真是賺到了，想不到這個李先生這麼手眼通天啊。」

晚上，葛凱把請客的地方設在「柏悅」的主席臺貴賓包廂裏，葛凱跟傅華在媒體上看到的模樣一樣，五十歲，方臉，臉上的肌肉有些緊繃，長髮挽在後面紮了一個馬尾，臉上帶著幾分憂鬱，渾身散發著一股濃濃的文藝氣息。

葛凱見到李衛高，熱情地敞開雙臂說：「李先生，來，抱一個。」

李衛高就跟葛凱擁抱了一下，說：「葛兄，謝謝你設宴為我接風啊。」

葛凱笑說：「李先生，你這話就見外了，你我什麼交情啊，你來北京我能不接待嗎？」

李衛高故意說：「可是有人就是要拿架子給我看啊。」

葛凱聽了說：「那是他不知道自己幾斤幾兩了，有些小地方出來的人沒見過大世面，有點成績就覺得自己有多了不起一樣，可是他不知道，尾巴翹到天上去的時候，紅屁股就露出來了。」

葛凱雖然沒點出名字，但是大家都知道他說的是指尹章，尹章的父母是山裏的農民，而尹章相貌醜陋，長得尖嘴猴腮的，葛凱說他紅屁股都露了出來，就是暗指尹章一副猴相。

李衛高帶有譏諷地說：「你可不要看不起這個猴相的，這猴兒也是天生異像的一種，古人認為猴子是生而有靈，很多國家都把猴子當神靈來祭拜的，某些人之所以有現在的成就，也是與他這副猴相有關。」

葛凱笑了起來，開玩笑說：「李先生，叫你這麼一說，我要回家去找父母了，都怪他們沒把我生成一副猴相，才導致我現在這個樣子，搞什麼都不順利。」

李衛高說：「葛兄，話可不是這麼說的，各人有各人的命運，你現在的困難其實是暫時的，很快就會出現轉機的。」

葛凱之所以急於跑來見李衛高，某種程度上也是希望能從李衛高這裏得到什麼指點，李衛高的說法正中他的下懷，便說：「李先生說我是暫時的困難，這麼說，就是有辦法幫我解開目前的困局了？」

李衛高暗示說：「你的困局不需要我幫你解開，這個困局實際上是你自己造成的，你如果想通了其中緣由，這個困局自然而然的就會化解了。」

「我自己造成的？」葛凱不解地說：「李先生，你別跟我打啞謎啦，有話直說好了。」

李衛高說：「葛兄也是聰明絕頂的人，怎麼會想不通這其中的訣竅呢？難道這就是當局者迷嗎？還是你娶了一位年輕貌美的夫人，一腔熱情都撲到了夫人身上，就不去思考事業方面的事了？」

葛凱嘿嘿笑了起來，他新近娶了一位比他少了將近二十歲的美女演員，確實有些心不在事業上了。因而笑了笑說：「李先生，有時候我覺得你似乎是鑽進我心裏一樣，我心中想什麼你都跟明鏡似的。好了，求求你，你就直接點破我的迷思好了，別跟我繞彎子了。」

李衛高搖搖頭說：「好吧，那我就直說了。你有沒有想過以前你拍的片子究竟為什麼大賣，今天你的片子又為什麼不賣了？這都是因為你走錯了方向，偏離了你最擅長的部分。」

傅華在一旁聽李衛高這麼說，不禁多看了李衛高幾眼，因為李衛高說葛凱的這幾句話，完全是說到了重點。

葛凱善於用細節來表達社會變遷對人帶來的精神上的損害，《舞臺春秋》就是這樣一部作品，所以大賣。但現在葛凱完全拋棄了這個成功的路子，一味的追求大製作大場面，偏偏他又缺乏駕馭大場面的能力，所以把片子拍得凌亂無比，不倫不類。

李衛高能點出這一點，說明他不僅僅是一個耍戲法蒙人的騙子，某種程度上，他還能夠扮演葛凱的人生導師，這大概也是葛凱這些人這麼相信李衛高的原因了吧。

這世界上的事就是這樣，都說真話或者都說假話是不行的。都說真話，現實往往是殘忍的，很多人為了逃避現實，寧可自欺欺人，選擇不信真話，反過來說，如果都說假話，很容易就會被人拆穿。

而半真半假，既有能夠被事實驗證的部分，也有粉飾現實的部分，讓一些美好的願望看上去很容易被實現，反而更能取信於人。

那些相信李衛高的人，不一定是真的相信李衛高創造出來的那些神蹟，而是這些神蹟帶給他們一種安全感，為了能夠得到這種安全感，他們寧願相信一些與他們接受教育獲得的知識截然相反的事。

葛凱聽懂了其中的關竅，佩服地說：「李先生，你還是法眼如炬啊，一下子就看到了問題的癥結。但是問題的癥結找到了，不代表我的問題就解決了。你說接下來我要怎麼辦才好啊？」

李衛高笑了笑說：「這還不簡單嗎，回歸你擅長的就好了。」

葛凱搖搖頭，沒有自信地說：「不是那麼簡單的，我現在已經是票房毒藥了，就是想要回歸擅長的部分，恐怕也沒有人敢投資給我拍片了吧？」

「我當什麼事把你難住了呢，不就是投資嗎？你去找本子吧，投資的部分交給我，前幾天我還跟天藍娛樂公司的李董聊起過他們的發展規劃，我當時就建議李董投個幾千萬，拍一部接中國地氣的片子，你如果能拿來好本子，又不追求那種投資幾億的大製作的話，我負責幫你跟李董聯繫。」李衛高拍拍胸脯，打包票說。

葛凱高興地說：「那真是太好了，我手裏正好有個很好的本子，你幫我跟李董安排一下，我去找他聊聊。」

李衛高笑說：「沒問題，不過我有一個小小的要求，如果你跟李董談成了，記得在裏面給趙欣欣安排一個角色。」

葛凱用曖昧的眼神看著李衛高說：「李先生，欣欣小姐現在是由你照顧嗎？」

影視圈很多紅星身後都是有人在罩著的，女明星更是有金主在身後撐腰，要不然也不會那麼風光。這是影視圈的一個潛規則，葛凱懷疑李衛高特別關照趙欣欣，也在情理中。

李衛高搖搖頭，笑說：「你別想歪了，我是那種人嗎？再說，欣欣還用我照顧嗎？她現在多紅啊！我跟你說葛兄，我要你用欣欣小姐是為你好。」

「為了我好？」葛凱有點詫異的看著李衛高，說：「李先生，我有些搞不懂，你讓我用她，為什麼是為了我好呢？這裏面有什麼講究嗎？」

李衛高說：「這裏面當然是有原因的，你聽我慢慢跟你說。我昨天見過欣欣小姐，看過她的氣色，她現在氣運正旺，我還運功在她身上，讓她旺上加旺。現在誰用她拍戲，誰的戲就會被她帶旺，一定會大賣的。葛兄最近幾部戲的勢頭都不是太好，正需要欣欣小姐這樣的旺人帶動一下。」

傅華在一旁看到李衛高的交際手腕，心裏也不得不佩服李衛高，這傢伙還真是會做生意啊，明明是他讓葛凱幫他辦事，但說得卻好像他這麼做是為了葛凱好，讓趙欣欣來幫葛凱帶旺。這個葛凱怎麼能夠拒絕啊？

另一方面，李衛高的做法等於是一箭雙雕，葛凱如果真的用趙欣欣，對趙欣欣來說，是一件能夠提升知名度的事，剛好印證李衛高跟趙欣欣講的馬上就要運勢大旺的預測。趙欣欣一定會更加佩服李衛高的神通。

這些實際上都是李衛高一手操縱出來的，李衛高卻有辦法讓身在局中的葛凱和趙欣欣對他都感激涕零，手段的高妙讓傅華不禁在心中暗豎大拇指，讚嘆草莽間也有真正的高手。李衛高雖然身在草莽，卻有著比廟堂上的人更高深的智慧。

葛凱感激涕零的對李衛高說：「李先生，謝謝你為我設想的這麼周到。我葛凱能認識你，真是這輩子的幸運啊。」

李衛高卻一副不以為意地說：「葛兄，這話太過了啊，我們還分彼此嗎？對了，這位姚市長是我的好朋友，他這次來北京，是想為他們海川市做做宣傳，你看能不能幫忙一下？」

姚巍山立即說：「葛導，久聞您的大名，希望您能夠給我們海川市一些指點。」

葛凱說：「姚市長，你是李先生的朋友，需要我做什麼都可以，不過醜話說在前頭，搞這種宣傳城市形象的影片並不是我所擅長的。」

李衛高說：「葛兄這話說的很實在，我知道你目前最緊要的事情是籌備新片，沒有精力旁顧，這樣吧，你到時候給他們掛個顧問的名頭就可以了，不用浪費精力在這件事情上了。」

葛凱聽了，點點頭說：「這樣也好，如果讓我導這部片子，我還真擔心無法分身呢。」

姚巍山對李衛高這麼安排很滿意，這部宣傳片如果能讓尹章操刀製作，葛凱掛名顧問，就這兩人的名頭就已經讓這部宣傳片有了大片的氣勢了，高興地說：「謝謝葛導，光是您的大名就讓我們這部宣傳片增色不少了。」

葛凱有點傲氣的說：「那是，姚市長，不是跟你吹牛，我葛凱這兩個字也是金字招牌，不隨便給人用的。今天要不是李先生開口，我是不會掛這個顧問的。」

姚巍山不得不承認葛凱的名氣確實是大到可以不把他放在眼中的地步，便乾笑說：「那是，這還應該感謝李先生的。」

李衛高笑了笑說：「姚市長，客氣的話就不要說了。你今天應該也看到了，我李某人能有今天，也是朋友們捧場的緣故。花花轎子人抬人，人和人之間就是應該這麼相互抬舉才對的。」

姚巍山頻頻點頭說：「李先生這話說得太有哲理了。」

這時，李衛高的手機響了起來，他拿出手機看了看號碼，嘴角浮起一絲冷笑，沒有接通，直接就拒聽了。然後看了看酒桌上的人，笑說：「有些人就是不懂得看時間，這時候打電話來壞我的酒興。別管他了，我們繼續喝我們的。」

晚宴的菜是葛凱安排的，不能說豐盛，但卻精緻而高檔，看得出來點這些菜葛凱是用了心的。

李衛高和眾人繼續喝酒，那個被拒聽的電話也算是知趣，並沒有再打過來。

第十章

心理暗示

李衛高說：「廣義上來說，這兩者還真是一回事，
我所做的，實際上也是一種心理暗示，
趙欣欣和楊莉莉會這麼相信我，
是因為我明確的告訴她們，她們一定會成為大明星的，
這就是一種強烈的心理暗示。」

晚宴進行到將近午夜才結束，李衛高、姚巍山一行人都喝得十分盡興，一個個面紅耳赤，酒氣衝天。

傅華和梁明本是酒宴的配角，加上需要安全的把李衛高和姚巍山送回海川大廈，因此喝酒都留著量。

傅華和李衛高、姚巍山、葛凱這些人從柏悅酒店出來，葛凱和李衛高握了握手，說：「李先生，希望今晚你還能滿意。」

李衛高說：「葛兄，我今晚很高興，花花轎子人抬人，你給我面子，我也給你面子，放心，『天藍藍』李董那邊我會幫你聯絡好的，具體的細節你們去談就好。」

葛凱承諾說：「行，只要跟天藍藍談下這部片子，我會請欣欣小姐來演第一女主角的。」

李衛高說：「好的，日後你就明白你用欣欣小姐絕對是用對人的。」

葛凱笑笑說：「我相信李先生，我就走了，好好休息。」

李衛高拍了拍葛凱的手，說：「行啊，我們再聯絡吧。」

葛凱就上車離開了，李衛高和姚巍山等人也轉身要上駐京辦的車離開，這時，一旁停著的一部車打開車門，一個男人從車裏走了出來，快步走向傅華他們。

一邊走，那男人還一邊急急地說：「李先生，你怎麼連我的電話都不接了，不會真的生我的氣了吧？」

走到近前，傅華看清楚這男人的相貌，尖嘴猴腮，真的是一副猴相，原來就是大導演尹章。

李衛高認真的看著尹章的臉，笑笑說：「這是誰啊，是尹章尹大導演嗎？誒，奇怪，您不是日程很滿嗎？怎麼有閒工夫在這裏出現啊？」

尹章的臉脹得跟猴屁股一樣通紅，乾笑說：「李先生，我錯了還不行嗎？我跟你道歉，對不起了。」

李衛高譏諷地說：「別別，千萬別，您是大人物，很忙，沒時間見我們這些小人物太正常不過了，您就趕緊去忙吧，別為了我們耽誤了大事。」

尹章越發的尷尬，猴臉難看的苦笑了一下，說：「李先生，你大人大量，就別跟我計較了，我真的知道錯了，你原諒我一回吧。」

李衛高冷笑說：「這是哪跟哪啊，原諒你，我可不夠這個資格。不好意思啊，尹大導演，我晚上多喝了幾杯，累得很，就不奉陪了。」

說著，就逕自上了駐京辦的車，把尹章給晾在那裏。

傅華看李衛高上了車，他也上了車。倒是姚巍山遲疑了一下，他想讓尹章幫海川市拍宣傳片，因此很擔心過於讓尹章下不來台，會讓尹章惱羞成怒，不肯再來接這部片子。

傅華卻知道李衛高敢這麼做，一定有什麼辦法能夠制得住尹章，就搖下車窗衝著姚巍山說：「姚市長，夜已經深了，我們還是早點回去休息吧，明天還有一堆的事情要忙呢。」

李衛高看了傅華一眼，這個傅華倒是明白他的心意，就說：「姚市長，別磨蹭了，傅主任都等急了。」

姚巍山看出李衛高今晚是不準備給尹章面子，只好也上了車，車子發動離開，把尹章給扔在那裏。

車子開出去好一會兒，姚巍山有點擔心的看了看李衛高說：「李先生，我們這麼對尹章，是不是有點過分了？」

李衛高笑說：「過分嗎？我怎麼一點也沒覺得啊！」

姚巍山苦笑著說：「這還不過分啊？人家可是國內數一數二的大導演，我們這麼晾人家，還不過分啊？」

李衛高冷笑一聲說：「數一數二的大導演又怎麼樣？他還不是跟我們一

樣一個鼻子兩隻眼嗎？難道說他成了大導演之後，下面的那根東西就比一般男人要粗了嗎？我看不見得吧。」

姚巍山乾笑了一下，他不想當著屬下的面繼續這個話題，便說：「李先生，我們還是來說說尹章吧，你這麼整他，到時候他不肯幫我們拍片了怎麼辦啊？」

李衛高說：「他敢嗎？」

姚巍山擔憂地說：「我看不出他為什麼不敢。」

李衛高笑說：「他如果敢這麼做的話，還會在酒店門口等我嗎？姚市長，你就放寬心吧，我答應你的事肯定不會變卦的。我今天這麼對尹章，是給他一點小小的教訓，讓他知道知道自己的分量。我跟你保證，明天上午，尹章一定會趕去海川大廈跟我們見面的，到那時候，我們再來探討尹章幫你們拍片的事。」

到了海川大廈，姚巍山的酒意越來越濃，走起路來都有點搖晃了，在梁明的攙扶下，好不容易回到自己的房間。

梁明服侍著姚巍山躺下，又給姚巍山泡上一杯茶放在床頭櫃上，這才退出姚巍山的房間。

回到自己房間後，梁明已經很睏了，便準備洗漱一番上床休息，手機卻響了起來，是孫守義打來的。

梁明趕忙接通了，說：「孫書記，您還沒休息啊？」

孫守義說：「我剛從外面應酬回來，酒喝多了，睡不著，就想打電話問一問姚市長的情況，怎麼樣，小梁，姚市長在北京進展的還順利嗎？」

自從姜非告訴孫守義這個叫做李衛高的傢伙是個詐騙犯之後，孫守義的心就開始七上八下，深怕姚巍山出什麼事，所以孫守義一直在等梁明跟他彙報姚巍山隨時的動態。

梁明跟著姚巍山，看到和聽到的都是些匪夷所思、光怪陸離的事，震驚之餘，根本不知道該如何跟孫守義報告，因而遲遲沒有回報，讓孫守義著急到主動打電話來瞭解情況。

梁明趕忙解釋說：「我今天晚上才見到大導演葛凱和尹章，晚宴剛結束。原本是想打電話跟您做彙報的，但是看時間，又怕打攪了您的休息，所以才沒打這個電話。」

孫守義聽了說：「你們見到葛凱和尹章了？情況怎麼樣啊？」

梁明說：「目前看來情形不錯，葛凱和尹章似乎對那個李衛高很尊重，葛凱今晚設宴招待李衛高和我們，席間他答應要為我們的宣傳片當顧問。至於尹章，本來今天是不見我們的，結果他打電話給李衛高時，就被李衛高拒聽了，尹章才找到飯店，但是李衛高沒給他面子，直接把他給晾那兒了。」

這個情形完全出乎孫守義的意料之外，原本他認為李衛高既然是詐騙犯，這次姚巍山恐怕要白跑一趟了，想不到居然結果會是這樣。

隔天一早到辦公室，孫守義就打電話給姜非。對梁明所說的關於葛凱和尹章的事，他並不太在意，引起孫守義重視的，是李衛高與國土部部長關偉傳間的關係，特別是姚巍山還想利用這層關係跟關偉傳搭上線，這就是一個值得注意的事了。

原本孫守義帶著一種看笑話的心情看待姚巍山這一次的北京之行，以為姚巍山即使不被騙，也會空手而回。現在看來，不但不是笑話，反而可能是姚巍山借此在海川市樹立威信的大好機會。

白部長曾經提醒過他，這傢伙需要小心應對，他還沒怎麼在意，這時他才發現姚巍山能把這件別人都不重視的事辦得這麼有模有樣，還真是有點能力。

更嚴重的是，如果姚巍山跟關偉傳搭上了線，有國土部部長的支持，姚巍山的實力就會大增，也就有足夠的實力在海川政壇發出自己的聲音了。這可不是孫守義願意看到的，他必須對此有所應對才行。

姜非接了電話，說：「孫書記，找我有什麼指示啊？」

孫守義說：「姜局長，梁明跟我彙報，說姚市長透過李衛高在北京見到了大導演葛凱和尹章，李衛高還跟國土部的關部長通過電話。」

姜非不敢置信地說：「不可能，那個高二寶根本就沒這個能力介紹葛凱和尹章給姚市長認識的，更別說還能跟關部長通上話了，這一定是個騙局。」

孫守義說：「姜局長，你別急，我跟你說的都是事實。現場見到葛凱和尹章的人不止一兩個，駐京辦的主任傅華也在場，如果這倆人是假扮的，肯定會被識破的。」

姜非納悶地說：「那就怪了，葛凱和尹章都是國內頂尖的人物，肯定不會配合高二寶騙人的。」

孫守義說：「是啊，我也奇怪，如果只是認識尹章和葛凱，還有可能，但是他怎麼會認識關部長呢？一個重要部門的部長可不是平頭百姓想認識就能認識的。姜局長，你確定你沒有認錯人？」

姜非很肯定的說：「絕對沒有！為了確認這個高二寶就是李衛高，我專門調取了當年的案卷，經過詳細比對，很確定這兩人就是同一個人。」

孫守義想了想說：「既然你調取了他的檔案，那你把檔案帶過來，我們倆一起研究一下，看看這裏面究竟是怎麼一回事。」

姜非說：「行，您等一下，我馬上就過去。」

過了一會兒，姜非出現在孫守義的辦公室，進門就把一個案卷遞給孫守義，說：「孫書記，您看一下，這就是我當年辦案的案卷。」

孫守義就把卷宗接了過去，姜非又遞給孫守義一張身分證的影本，說：「這是我從公安系統調取的李衛高的身分證，你看兩人的照片，雖然以前的高二寶削瘦不少，但是基本上模樣是一致的。」

孫守義拿身分證的照片跟案卷裏的嫌犯照片對照，兩人還真是十分的形似，如果不是這兩張照片上的人用了不同的名字，孫守義肯定會把這兩人當成是同個人的。

但是，也不能僅僅因為照片上兩個人高度形似，就直接認定兩人是一個人。孫守義便說：「姜局長，你有沒有查一下這兩人的身分登記資料，看看這個李衛高的名字是不是從高二寶改名而來的？如果是改名而來，那才是真正能夠確信這兩人是同一個人。」

姜非搖搖頭說：「現有的身分登記資料沒有這方面的記錄，我查了一下，這兩人的身分登記資料沒有任何的聯繫。」

孫守義眉頭皺了起來，看了一眼姜非，說：「這麼說，照片上的兩人不是一個人了？」

姜非仍然堅持他的看法，說：「孫書記，我的直覺是不會錯的。您可能不知道，在一些邊遠山區，戶籍管理制度並不是那麼嚴格，一些不法分子就會利用這個漏洞，為自己登記另外一個身分。我懷疑高二寶是為了洗掉他的案底才這麼做的。」

孫守義質疑說：「姜局長，你不能光靠懷疑就這麼說，要有證據才行。」

姜非說：「我也知道要有證據，所以我已經讓人去李衛高登記的出生地調查相關的資料了。您再耐心的等一下，我會讓您看到證據的。」

孫守義面色凝重地開始在心中權衡起調查這件事情的利弊。

目前來看，李衛高的社會影響力很大，往來的都是些名人高官之流的上層人士，如果查得不恰當了，很可能會激起李衛高這些朋友的反彈；而且公安部門私下調查姚巍山的朋友，如果傳到姚巍山的耳朵裏，也會讓姚巍山對他和公安部門感到不滿。何況眼前李衛高也沒被查到有什麼違法行為，就算是公安部門也不能濫權去調查李衛高。

但是孫守義也不想放棄追查，便故意對姜非說：「姜局長，我理解你們公安部的同志喜歡追根究底，但是這件事情繼續追查下去並不合適，一是李衛高目前並沒有違法的行為發生，你查他名不正言不順；二來，又牽涉到姚市長，這樣會讓姚市長有所誤會，所以我看調查是不是可以暫停？等發現什麼新的證據時再來調查也不遲啊。」

作為刑警的職業病，就是不解開謎底不肯罷休，孫守義卻說要他暫停調查，這怎麼行！姜非趕緊保證說：「孫書記您放心，我不會興師動眾的，我會秘密進行，絕不會造成一些不必要的困擾。」

孫守義笑了笑說：「姜局長，既然你堅持，那就繼續查下去吧；不過千萬要注意保密，有什麼新的進展隨時跟我彙報吧。」

姜非點點頭，說：「我知道怎麼做了，孫書記。」

北京，海川大廈。

傅華剛到辦公室不一會兒，李衛高就敲門走了進來。

傅華詫異地說：「李先生，這麼早啊，看你昨晚喝那麼多，我還以為你會多睡一會呢。」

李衛高笑說：「我這個人是賤骨頭，不習慣賴床，不論晚上多晚睡，第二天都會準時起床的。這可能也是我練功多年，已經養成了固定的生理時鐘的緣故。」

傅華笑了笑，沒說什麼。

李衛高主動解釋說：「傅主任可不要誤會，我說的練功，是真的練功，我跟師父練過幾年的太極拳，練拳是我生活的一個習慣。至於我在趙欣欣面前表演的那些，我想傅主任大概已經看出來了，那不過是一種戲法而已。」

傅華沒想到李衛高會這麼坦白，愣了一下，隨即笑說：「李先生，你倒是很坦白啊。」

李衛高誠實地說：「不坦白不行，那些戲法騙騙趙欣欣、姚巍山這些人還可以，在你的如矩法眼下，可是無所遁形的。」

傅華說：「李先生太高看我了。誒，你就不怕跟我承認了，我會向姚市長揭發你嗎？」

李衛高老神在在地說：「你不會的，如果要揭發，當場你就揭發了，不用等到事後。再說，就算你真的去跟姚市長揭發我，你敢肯定姚市長一定會相信你嗎？」

傅華不禁笑了起來，說：「李先生，不得不承認你是我目前見過的最高明的騙子，我明明知道你是在騙人，卻還無法向社會揭穿你的真面目，因為我如果這麼做，反而可能會成為眾矢之的。」

李衛高得意地說：「你如果揭穿我的話，就等於是在說姚巍山很蠢，居然會相信我這麼簡單的小戲法，姚巍山肯定不會因此感激你的。再說傅主任，何必呢，你應該看到我做這件事是在幫人，而不是在害人，你沒有理由非要跟我作對的。」

傅華反駁說：「你裝神弄鬼的，怎麼能說是在幫人，不是在害人啊？」

李衛高狡辯說：「我那不是裝神弄鬼，而是取得對方信任的一種手法而已，這有點像心理治療中的催眠，通過這種方式建立起我和對方的一種信賴關係。只有建立起這種信賴關係，趙欣欣才會對我盲目的信任，相信我說的她會運勢大旺，才會有自信面對她的演藝生涯。不用我解釋，傅主任也知道，人有自信和沒自信，哪一個會表現得更好吧？」

傅華失笑說：「這麼說，李先生倒像是在做心理醫生的工作了？」

李衛高認真地說：「廣義上來說，這兩者還真是一回事，我所做的，實際上也是一種心理暗示，你知道為什麼趙欣欣和楊莉莉會這麼相信我嗎？還不是因為我很明確的告訴她們，她們一定會成為大明星的，這就是一種強烈的心理暗示，讓她們覺得自己有成為大明星的可能，也就會朝著這個方向努力，在這種心理暗示之下，她們自然會獲得成功。」

傅華接著說：「所以她們成功了，就把功勞算在你身上，就會相信你是真的很靈的預言者，對吧？」

李衛高頗為自得地說：「這我不否認，誰叫我真的說中了呢。」

傅華不以為然地說：「你別以為我看不穿你在其中玩的花招，你真的說中了嗎？那你能坦白的告訴我，你究竟跟多少人說他一定會成為大明星的？」

其實李衛高玩的這個手法並不複雜，他對每個來找他的人都說同樣的話，如果有人真的成為大明星，那這個人肯定會對他感激涕零，奉為神明。而這個人對他的宣傳，會讓李衛高得到更大的聲譽。

當然李衛高也不會逢人就說他會成為大明星，他也會對來找他的人有個基本判斷，要那個人的條件很好才會那麼說的。

李衛高呵呵笑了起來，說：「傅主任，我就知道你懂得這裏面的訣竅的。你知道嗎，我看到你，有一種在看同道中人的感覺，感覺你很懂得我在做什麼。」

傅華冷笑了一下，說：「李先生這麼說我可不敢當，我可真沒有你這麼高明的手段。我也不是很懂為什麼會有那麼多人相信你，就連尹章和葛凱這種聰明的人居然也會這麼信服你。」

李衛高聽了說：「這原因並不深奧，傅主任難道不知道所謂的群眾效應嗎？人都是盲從的，只要有一個人說相信，馬上就會有第二個也相信的。」

傅華說：「看來李先生對人的心理做了很深入的研究啊。」

李衛高說：「你都說了我做的跟心理醫生是很相近的事了，不研究人的心理，又怎麼能夠在這一行吃得開呢？不知道傅主任想過沒有，這些圍著我轉，稱呼我為大師的人，究竟想從我這裏得到什麼？」

傅華看了看李衛高，不禁反問道：「李先生，他們是想從你這裏得到什麼呢？」

李衛高笑了笑說：「你問我嗎？我覺得應該是奇蹟。當一個人覺得自己十分卑微無助的時候，就會特別盼望出現奇蹟。但是奇蹟不會自己出現，他們就希望能夠透過像我這種人帶給他們奇蹟。而這個奇蹟越玄、越匪夷所思，他們越是相信。就像我表演的掌心搓出火來，傅主任一看就知道是騙人的，但是趙欣欣和姚巍山卻對我佩服得五體投地，難道他們那麼弱智嗎？肯定不是，這不過是因為他們內心渴望奇蹟的出現，而我滿足了他們這個渴望，他們自然就信服我了。」

傅華不禁搖頭說道：「李先生，你讓我更加佩服了，你對人的心理的把握簡直是精確到家了。」

李衛高笑笑說：「傅主任也不要佩服我，我玩的這些把戲根本就瞞不過你。你我都是聰明人，都知道善加利用身邊的資源可以做好很多事，這世界就是為我們這種人而存在的，所以我們一起合作吧，聯手來賺大錢。」

傅華真是有些啼笑皆非的感覺，他沒想到李衛高居然會提出這種合作的要求，搖搖頭說：「李先生，你是不是也太自大了點？你要明白，這個世界從來都不是為你這種人而存在的。我跟你也不是一類人，我也不熱衷賺大錢，所以合作的事還是算了吧，我也不知道我們可以合作什麼。」

李衛高高傲地說：「傅主任，你這是在回絕我嗎？我李某人的能力你可是見識過了，我是覺得你和我一樣是少有的真正聰明的人，所以才要跟你合作的，可不是非要求你不可。」

傅華不懂李衛高為什麼會對他這麼有興趣，又怎麼會認為自己會答應跟他合作，他猜想李衛高可能是怕暴露真相，所以才想拉攏他同流合污的，於是表態說：「李先生，我能理解你做這些，不過是謀生的手段而已，我不會去干預你什麼的；但是道不同不相為謀，恕我無法你合作。」

李衛高哼了聲說：「什麼叫道不同不相為謀啊？我知道你可能覺得我的手法不入流，都是騙術，有些看不起我，所以才不跟我合作的。但你想過沒有，這世界上誰不在騙人啊？那些臺面上的大人物，哪個沒做過欺騙人的事？就我接觸的那些有頭有臉的人，哪個不是騙子？他們如果不去騙人，可能早就被人抓去關起來了。傅主任啊，很多人都是表面上冠冕堂皇，實際上還不是和我一樣的手法?!」

傅華不得不說：「這我承認，每個人基本上都有他陰暗的一面，我也騙過人，但……」

「傅主任，你騙過什麼人啊？」

這時，姚巍山帶著梁明突然推開傅華的辦公室門走了進來，正好聽到傅華最後一句話，不禁問道。

傅華沒想到姚巍山會在這時候出現，他無法把剛才兩人爭辯的內容告訴姚巍山，那樣就等於拆穿了李衛高的真實面目，因此一時間愣了一下。

姚巍山看傅華發著愣，便說：「傅主任，你在想什麼？我警告你啊，你要老實回答我，可別想編故事來騙我啊。」

傅華笑說：「我哪敢騙您啊，我是跟李先生閒聊，聊到一些哲學上的思辨，說人都有一定的缺陷，沒有十全十美的人。」

姚巍山聽了說：「這個說法是正確的，這世界上沒有完人，很多偉大的人身上都有很多的缺點。不過，傅主任可別想回避重點啊，你還沒說曾經騙過什麼人呢？」

傅華心中已經想好了說辭，就笑笑說：「我沒想回避啊，我承認我騙過老婆，有幾次因為工作需要，要和女士應酬，向我老婆請假的時候，我只好騙她說是和同事出去。」

李衛高卻說：「傅主任這是拿老婆在當擋箭牌啊，生活中這種事情常有的，為了家庭和睦，必需要說點這樣的小謊。你這是在避重就輕啊，難道說工作中你就沒有過欺騙過領導的時候嗎？」

傅華故意開玩笑說：「李先生，你這就不夠意思了，當著姚市長的面這麼說，你讓姚市長怎麼想我啊？」

姚巍山理解地笑了起來，他自然不相信有官員會沒做過欺騙上級的事，便想看看傅華是怎麼回答這個問題的，於是說：「我倒覺得李先生這個問題問得很好，傅主任，你說你到底做沒做過欺騙領導的事啊？」

傅華難為情地說：「姚市長這是為難我了，我要說沒有，您肯定不會相信的。」

姚巍山笑說：「這麼說就是有了？」

傅華點了下頭，說：「確實有，有些時候工作上出現了什麼疏漏，領導問起來，我通常並不是立即承認錯誤，而是先說沒事，然後再想辦法補救，這也算是一種欺騙吧。」

姚巍山聽了笑說：「當然算了，不過算你坦白，工作中誰能保證沒個閃失啊？換了是我，也不敢保證絕不犯錯的。」

三人聊得正起勁時，李衛高的手機響了起來，李衛高看了看來電顯示的號碼，然後對姚巍山說：「尹章打來的，姚市長，你說我要不要接啊？」

姚巍山自然希望李衛高接這個電話，他還期盼能讓尹章幫他拍片呢，就笑笑說：「趕緊接吧，昨天你把他冷落的也可以了。」

李衛高就接通了電話，明知故問的說：「誰啊？」

尹章陪笑著說：「李先生，我尹章啊，我現在就在海川大廈樓下，想去拜訪您一下，您住幾號房啊？」

李衛高假笑了笑說：「是尹導演啊，這怎麼好意思讓您來見我，應該我去見您才對的。」

尹章苦笑說：「李先生，你別這麼說，我知道錯了還不行嗎？我們也算這麼多年的老朋友了，您就給我個面子好嗎？」

姚巍山怕李衛高再和尹章鬧僵，影響到拍片的大計，趕忙在一旁用眼神示意李衛高同意讓尹章過來見他們。

李衛高就對尹章說：「你上來吧，我在駐京辦傅主任的辦公室。」

李衛高掛了電話，姚巍山不解地說：「李先生，我真搞不明白為什麼尹章會對你前倨後恭的？他如果知道今天需要這麼低三下四的求你，當初就不該擺架子給你看啊？」

李衛高冷笑說：「他是覺得自己已經成氣候了，就可以不用把這些以前的朋友放在眼中了，但實際上他還差得遠呢。他回過頭來求我，還不是因為他在別人那裏碰了釘子嗎？」

說話間，尹章就來了，李衛高裝糊塗地說：「尹導演，你這麼一大早的來找我，是有什麼重要的事嗎？」

尹章陪笑著說：「也沒什麼，就是想起來好久沒和你們這些老朋友一起聊聊，就趕過來了。」

李衛高譏諷的說：「尹導演還記得我們是老朋友啊？我還以為你忙得都忘了我們這些人了呢？」

尹章臉紅了一下，尷尬地說：「李先生說笑了，我忘了誰也不能忘了李先生啊。」

李衛高就笑笑說：「沒忘就好啊，來，我給你介紹兩位朋友，這位是海川市的姚巍山姚市長，這位是海川市駐京辦的主任傅華。」

姚巍山趕忙和尹章握了握手，說：「久仰久仰，尹導演的作品每一部我都看過，實在很有名家風範啊。」

尹章笑說：「姚市長客氣了，你不要見笑就好。」

傅華也和尹章握了握手，對尹章這種名氣很大，做人卻不怎樣的人他見過不少，加上他對尹章的電影不是很感興趣，所以表現的很平淡。

眾人坐定後，尹章便問：「姚市長這次讓李先生陪同進京，是要做什麼啊？」

「是這樣的，尹導演，我們海川……」

請續看《權錢對決》5 十億富豪

權錢對決 四 合縱連橫

作者：姜遠方
發行人：陳曉林
出版所：風雲時代出版股份有限公司
地址：105台北市民生東路五段178號7樓之3
風雲書網：http://www.eastbooks.com.tw
官方部落格：http://eastbooks.pixnet.net/blog
Facebook：http://www.facebook.com/h7560949
信箱：h7560949@ms15.hinet.net
郵撥帳號：12043291
服務專線：(02)27560949
傳真專線：(02)27653799
執行主編：朱墨菲
美術編輯：許惠芳

法律顧問：永然法律事務所 李永然律師
北辰著作權事務所 蕭雄淋律師

版權授權：蔡雷平
初版日期：2017年2月
初版二刷：2017年2月20日
ISBN：978-986-352-408-3

總 經 銷：成信文化事業股份有限公司
地　　址：新北市新店區中正路四維巷二弄2號4樓
電　　話：(02)2219-2080

行政院新聞局局版台業字第3595號 營利事業統一編號22759935

定價：280元　　特惠價：199元　

國家圖書館出版品預行編目資料

權錢對決 ／ 姜遠方 著. -- 初版. -- 臺北市：
風雲時代，2016.11-　冊；公分

ISBN 978-986-352-408-3（第4冊；平裝）

857.7　　　　　　105019530